Et à la fin il n'en restera qu'un

Et à la fin il n'en restera qu'un

JEAN-LUC LUCIANI

Collection dirigée par Guillaume Lebeau

RAGEOT ✸ *THRILLER*

Une première édition de ce roman a paru en deux volumes sous les titres *La Traque* et *Game Over* (Rageot Romans, 2006).

Cet ouvrage a été imprimé sur un papier issu de forêts gérées durablement, de sources contrôlées.

Couverture : © Alexandre Cappellari/arcangel-images.com.

ISBN : 978-2-7002-4318-5
ISSN : 2259-0218

Loi n° 49-956 du 16-07-1949 sur les publications destinées à la jeunesse.

« Si vous désirez une image de l'avenir,
imaginez une botte piétinant un visage humain…
éternellement. »

George Orwell, *1984*.

LA TRAQUE

Samedi 27 juin 2057, 22 h 13 temps universel.
Archipel du Frioul.

Steeve arriva au sommet de l'île et s'accroupit un instant à l'abri d'un rocher pour reprendre son souffle. Il restait un peu moins de deux heures à tenir, mais la meute des killers se rapprochait sans cesse et il commençait à s'épuiser.

Tout en essayant de garder son calme, il fit le point de la situation.

Devant lui, un peu en contrebas, se trouvait le killer le plus proche, celui qui avait failli le coincer quelques minutes plus tôt. Steeve l'entendait respirer bruyamment tandis qu'il grimpait à sa rencontre.

Avec leurs lunettes infrarouges les killers avaient un net avantage sur lui, mais Steeve possédait également un atout. Il n'avait que seize ans et ses poursuivants, dont la moyenne d'âge était de quarante ans, s'essoufflaient beaucoup plus vite que lui.

La pratique régulière d'une activité physique n'était qu'un lointain souvenir pour la plupart des killers qui menaient une existence casanière, se contentant de regagner, une fois leur temps de travail-repos effectué, leur domicile. Le reste de la soirée, ils se connectaient à leur récepteur de mondio-vision.

Deux autres killers, sur sa droite, étaient en train de remonter la digue de Berry, lui coupant ainsi une possible retraite vers l'île Pomègues. Steeve voyait les petits points rouges de leurs lunettes scintiller dans le noir à une centaine de mètres de lui.

Ces deux-là ne représentaient pas un danger immédiat, pas plus que le killer resté à l'embarcadère, sans doute persuadé que Steeve tenterait de le rejoindre afin de quitter l'île. Il n'avait par contre aucune idée de la position du cinquième et dernier killer. Celui-ci s'était montré discret depuis le début de la traque. Peut-être s'était-il tout simplement perdu sur l'île ?

Steeve ne pouvait rejoindre le village abandonné sans prendre de gros risques et l'ancien centre de vacances, un peu plus sur la droite, était un véritable cul-de-sac. Il n'y avait qu'une issue possible.

« Il me faut partir de ce côté, se dit Steeve, et rejoindre l'hôpital Caroline. Une fois arrivé là-bas, avec un peu de chance, je trouverai une bonne cachette pour patienter jusqu'à minuit. »

L'immense bâtisse en ruine se découpait dans la nuit, éclairée par les projecteurs surpuissants du port de la République Libre de Marseille.

Steeve jugea que trois cents mètres le séparaient de l'entrée de l'hôpital où l'on soignait jadis les malades atteints de la peste.

Il était à découvert, mais le killer le plus proche n'avait pas encore terminé l'ascension de la colline rocailleuse. Ses chances de parvenir sans encombre jusqu'à l'hôpital étaient bien réelles.

L'adolescent prit une inspiration profonde et s'élança. Courant le dos courbé, silencieux et rapide, il couvrit la distance en un peu moins de cinq minutes. Le plus difficile était fait, restait juste à trouver une planque d'où les killers ne viendraient pas le déloger.

Soudain, Steeve perçut un mouvement dans son dos. Il pivota et découvrit deux points rouges qui le fixaient dans le noir.

Le cinquième killer se trouvait à moins d'un mètre de lui. Un tracé laser se matérialisa dans la seconde et pointa le front de l'adolescent.

– Désolé, mon gars, dit le killer, mais c'est la fin du voyage pour toi.

Il y eut le bruit sec d'une décharge magnétique d'amplitude deux et Steeve mourut avant même d'avoir touché le sol.

L'instant d'après, le programme de mondio-vision bascula sur le plateau de l'émission qui se déroulait en direct temps réel et, tandis que l'animatrice Mélanie résumait les derniers événements de la soirée, les paroles d'une chanson commencèrent à défiler en bas de l'écran.

Dix petits délinquants espéraient gagner leur liberté
Steeve fut le premier à être nominé
D'un faisceau laser dans la tête il fut éliminé
Et il ne resta plus que neuf petits rescapés!

À la fin du couplet apparut un message en cinq dimensions *(dans les années 2050, les ingénieurs d'une grande firme de plasma-écrans mirent au point un procédé de ionisation sensorielle, permettant ainsi la mise en place d'une cinquième dimension, la dimension olfactive)*.

Vous pouvez dès à présent télécharger
ce premier couplet sur votre disque matrice
en vous connectant via la prise intramodem
de votre plasma-écran.

Prix de la connexion : 2 énergie-euros/minute.

(Suite à la grande crise pétrolière de 2047, la valeur de la monnaie européenne fut indexée sur l'énergie prédominante du marché boursier, celle-ci étant tour à tour nucléaire, chimique, solaire...)

I

Deux mois plus tôt.
Lundi 20 avril 2057, 9 heures.
Siège de Réal-TV Europa 29. Huitième étage.
Réunion préparatoire au lancement
d'une nouvelle émission.

Dimitri Sastinov déboula dans la salle de réunion suivi de sa cohorte de collaborateurs, d'assistants personnels, d'attachées de presse et d'intrigants divers. Fidèle à son habitude, il ne daigna saluer aucune des personnes présentes. Visiblement de mauvaise humeur, il se laissa tomber dans le grand fauteuil de cuir rouge placé en bout de table et, sans un mot, tendit la main en direction de la préposée au comptage indiciaire des parts de marché audimétriques.

Cette dernière lui remit aussitôt le dossier qui contenait les chiffres des émissions de la veille, minute par minute. Ces chiffres étaient d'une fiabilité quasi parfaite. En effet depuis 2049 tous les plasma-écrans vendus chez les commerçants agréés État-Maître étaient équipés d'un mouchard et seuls les quelques récepteurs antérieurs à cette époque ou ceux vendus à la ristourne *(Est considéré comme vente à la ristourne tout commerce ne s'acquittant pas de ses taxes à l'État-Maître. Article 2547 du nouveau Code pénal : « La vente à la ristourne est punie de six ans d'emprisonnement. »)* échappaient aux bases de données. Soit moins de cinq pour cent du parc télévisuel européen. Une véritable misère.

Sastinov parcourut rapidement les chiffres et grimaça. Ils n'étaient pas à la hauteur de ses espérances.

– Mauvais ça, très mauvais ! commenta-t-il enfin dans un eurolangage à consonance slave. *(En 2046, les nations regroupées sous la bannière de l'État-Maître décidèrent d'adopter une langue unique afin de favoriser les échanges entre euro-citoyens.)*

Puis il se tourna vers les animateurs-producteurs de la chaîne réunis autour de la table et les dévisagea lentement les uns après les autres.

Dimitri Sastinov était apparu dans le PAE *(Paysage Audiovisuel Européen)* une dizaine d'années auparavant, surgissant du néant mais brassant des énergie-euros par milliards. Il se murmurait en coulisses qu'il avait bâti son immense fortune sur le rachat et la revente des joueurs de l'Euro-Ligue de football. Sastinov avait créé la chaîne câblée payante Réal-TV Europa 29 qui était devenue très rapidement la plus regardée du continent. Ses ambitions étaient démesurées, désormais l'homme d'affaires voulait être numéro un dans le monde.

Chaque foyer était équipé d'un minimum de trois plasma-écrans dont au moins un écran géant à vision tridimensionnelle. Il n'était cependant pas rare de compter chez les résidents supérieurs *(personnes à fort potentiel d'achat)* un récepteur par pièce.

La programmation de la chaîne restait pourtant des plus basiques. Une émission de télé-réalité, entrecoupée par un voire deux tunnels de publicité *(En 2045 fut votée la loi dite « loi de Rigal » du nom de l'euro-député qui la proposa, loi qui limite à treize minutes la durée de chaque tunnel publicitaire et à deux le nombre de tunnels publicitaires par heure)*, une émission de mondio-achat avec livraison sous « trois heures ou remboursé », à nouveau un tunnel publicitaire, une heure de clips avec les « artistes » maison produits par la branche musiques et découvertes de Réal-TV Europa 29, un tunnel publicitaire, puis le cycle reprenait avec une nouvelle émission de télé-réalité.

Quelquefois, une retransmission sportive brisait la monotonie des programmes, les spectateurs étaient alors invités à parier sur les résultats des matchs à partir de terminaux bancaires reliés aux plasma-écrans. Cette pratique, autorisée depuis 2052, avait d'ailleurs fortement contribué à la corruption généralisée des sports professionnels, l'European-Tour de Vélo ayant même dû être interrompu l'année précédente suite à une série de révélations sur des étapes truquées à la demande de certaines chaînes.

Réal-TV Europa 29 fonctionnait 24 heures sur 24.

Lorsqu'un journaliste osait lui demander pourquoi il n'avait pas plus d'ambition créatrice pour sa chaîne, Dimitri Sastinov donnait toujours la même réponse :

– Je produis les émissions que réclame le public, mon travail est de satisfaire cette demande. Rien d'autre.

Mais depuis quelques mois, il était inquiet. Le nombre d'abonnés baissait, les parts de marché s'effritaient, l'empire vacillait. Il était temps de réagir.

Sastinov adressa un signe discret à un homme qui se détacha immédiatement du groupe des assistants. Ses cheveux blond oxygéné et ses vêtements aux couleurs criardes contrastaient avec l'allure passe-partout des animateurs-producteurs assis autour de la table.

– Chers collaborateurs, laissez-moi vous présenter monsieur Arthus Gappa *(En 2045, suite à la découverte d'un vaste trafic de visas holographiques, tous les euro-citoyens s'étaient vus rebaptisés de manière aléatoire par un programme-ordinateur. Seules les personnes ayant versé de fortes sommes d'argent à l'État-Maître avaient pu conserver leurs nom et prénom d'origine)*, la personne qui va peut-être apporter la solution à notre chute d'audience...

D'un geste de la main, Sastinov invita le nouveau venu à s'asseoir sur le siège laissé libre à sa gauche.

« Encore un courtisan, pensa Andros Leccha qui était en charge du département des produits dérivés de la chaîne, on verra combien de temps il tiendra. »

Andros avait en tête l'histoire de Mélanie présentée un moment comme la nouvelle animatrice-star de la chaîne et dont Sastinov s'était subitement lassé au bout d'une semaine.

– Il y a quelque temps et dans le plus grand secret, reprit Sastinov, j'ai chargé Arthus Gappa de réfléchir à un concept d'émission novatrice. Le cahier des charges était simple, je voulais du jamais vu, de l'incroyable ! Au début du mois, Arthus m'a remis son projet et je dois avouer que j'ai bon espoir…

Dimitri Sastinov appela via son oreillette interne une secrétaire-clone. *(Un décret datant du 13 janvier 2049 autorisa l'implantation de citoyens-clones dans la société civile à condition que le taux de remplissage dans les métiers dits de « grande usure » – policiers, enseignants, secrétaires, gardiens de prison… – n'excède pas vingt pour cent.)* Celle-ci arriva presque aussitôt et se fit un devoir de distribuer à chacune des personnes présentes un mini-écran de visionnage ainsi qu'un hologramme.

– J'ai fait préparer pour chacun d'entre vous un résumé des grandes lignes du projet appelé *Et à la fin, il n'en restera qu'un.* Je vous prie de l'observer attentivement.

Il y eut ensuite un silence, tandis que les participants prenaient connaissance du document. Le doigt d'un collaborateur se leva enfin et Sastinov, d'un signe discret de la tête, l'invita à prendre la parole.

– Encore un réal-programme sur la base de l'élimination des concurrents suscités par les votesimpulsions des téléspectateurs ? s'étonna Dorimon Vargas qui, en tant que directeur de messager.com, gérait les appels surfacturés.

Arthus Gappa s'exprima pour la première fois. Il parla lentement en prenant soin d'articuler chaque syllabe :

– Oui, mais contrairement aux autres programmes, il comporte une innovation qui va nous propulser parmi les chaînes les plus regardées de cette planète.

Son apparence chétive et sa voix fluette étaient trompeuses. Le sourire carnassier qu'il affichait de manière quasi permanente ne laissait pas de doute sur sa volonté et son désir de réussite au sein de l'entreprise.

Harmance Gustin, du département musique, s'exprima à son tour.

– Je vois qu'il est question de réunir dix candidats sur une île déserte. Ce genre de programme a connu son heure de gloire il y a bien longtemps, maintenant c'est un peu... comment dire... un peu dépassé, non ?

Arthus ne perdit rien de sa tranquille assurance.

– Prenez le temps de regarder la présentation jusqu'au bout, s'il vous plaît.

Chacun s'immergea de nouveau dans le visionnage du mémo. Ce fut Ornélia Nundy, la responsable de la communication avec les médias, qui rompit le silence pesant qui s'était installé.

– Si ce dont je viens de prendre connaissance se concrétise, je n'aurai pas un jour de congé d'ici longtemps.

Sastinov se tourna vers Arthus.

– Pouvez-vous résumer pour ceux qui n'auraient pas saisi ?

Arthus se leva et fit craquer les articulations de ses doigts.

– OK, allons-y. Le principe est simple. Nous allons sortir de prison dix mineurs-détenus, cinq garçons et cinq filles, et les réunir sur une île en compagnie d'un professeur, d'un éducateur et d'un psychologue. Toute la semaine, les téléspectateurs pourront suivre les efforts des délinquants pour se réinsérer dans la société et voteront pour leur candidat préféré.

– Rien de très neuf jusqu'à présent, marmonna Andros.

– Ce n'est pas terminé, répliqua sèchement Arthus. Nous n'allons pas prendre n'importe quels détenus, nous allons libérer des peines-perpétuité. *(Suite à la vague de meurtres et d'assassinats qui secoua l'Europe au cours des années 2034-2036, la peine de mort fut rétablie pour les adultes ayant commis des crimes de sang. La sanction prévue pour les mineurs étant systématiquement la prison à vie.)* Le candidat qui reçoit le moins de suffrages en fin de semaine est exclu du groupe. Celui qui reste à la fin du jeu se voit offrir la liberté.

– Comme quoi même la liberté a un prix, murmura Harmance.

– C'est bien ce que je disais, poursuivit Andros, rien de très nouveau.

Arthus lui fit signe de patienter d'un geste de la main.

– Nous allons, en échange du droit de participer à l'émission, faire signer aux mineurs-détenus un document qui les émancipe au moment de leur crime.

– Mais dans quel but ? demanda Andros.

– S'ils ne sont plus mineurs au moment du crime, ils deviennent passibles de la peine capitale.

– Le ministère de l'Euro-Justice n'acceptera jamais ce tour de passe-passe, avança Dorimon Vargas.

– Ce problème a été réglé en début de semaine avec les services du ministère, intervint Sastinov d'un ton autoritaire, nous leur avons versé une somme substantielle qui permettra, entre autres, d'améliorer l'état de leurs prisons. Ils sont d'accord…

– Et que devient le candidat éliminé, poursuivit Andros, il retourne en prison ? La belle affaire que voici, les téléspectateurs vont décrocher dès la deuxième semaine…

– Monsieur Leccha, sourit Arthus, vous n'avez pas compris. Les concurrents seront soumis à la même sanction qu'un adulte ayant commis un meurtre. Le candidat éliminé le sera aussi physiquement !

– Comment ça physiquement ?

– Tué si vous préférez, abattu, mis à mort, précisa Arthus. La chaîne a obtenu que la peine capitale soit exécutée pendant l'émission.

Arthus Gappa s'interrompit un bref instant afin de s'assurer de l'attention de tous, puis il reprit :

– Et ce sont des téléspectateurs tirés au sort qui se chargeront d'appliquer la sentence.

2

Vendredi 29 mai 2057, 10 heures.
Siège de Réal-TV Europa 29. Huitième étage.
Réunion de bouclage de l'émission
Et à la fin, il n'en restera qu'un
dont le lancement est prévu le 21 juin,
premier jour de l'été.

Pendant plus d'un mois, les réunions s'étaient succédé à un rythme infernal. Les différents responsables-départements de la chaîne avaient focalisé les énergies de leurs directeurs artistiques sur la nouvelle émission.

En préambule au tour de table de ce jour, Dimitri Sastinov donna la parole à Arthus Gappa pour un ultime récapitulatif.

– En ce qui concerne le lieu tout d'abord, notre choix définitif s'est porté sur l'archipel du Frioul au large de la République Libre de Marseille. *(En 2046, un nombre important de communes européennes firent valoir leur droit à l'autonomie. Très peu d'entre elles reçurent l'aval de l'État-Maître. Le 15 juillet 2047, Marseille fut l'une des premières à regagner son indépendance.)* Les candidats seront logés dans le château-prison d'If qui a été immortalisé par Alexandre Dumas dans son livre *Le Comte de Monte-Cristo*. Il y a là-bas assez de cellules pour faire dormir tout le monde, nos équipes sont en train d'aménager l'endroit.

Une main se leva dans l'assistance.

– Oui ?

– Quelles sont les probabilités d'évasion à partir de ces îles ?

– Aucune, répondit Arthus sur un ton définitif, seul Edmond Dantès a réussi l'exploit de s'évader du château d'If et ce n'est qu'un des personnages inventés par Alexandre Dumas !

Des rires fusèrent. Le trait d'humour du jeune concepteur avait eu pour effet de détendre momentanément l'atmosphère.

– Plus sérieusement, reprit-il, les îles du Frioul et d'If sont abandonnées depuis une vingtaine d'années maintenant. La pollution chimique de la mer aux alentours est telle que la durée de survie d'une personne ayant la malchance de tomber à l'eau est inférieure à deux minutes.

– Concrètement, comment cela va-t-il se passer ? demanda une attachée de presse qui venait d'être intégrée à l'équipe.

– Les concurrents seront logés au château d'If où vivront également l'éducateur, la psy et l'enseignant. Nous avons aussi décidé d'engager un cuisinier à plein temps.

– Un candidat avec un ventre plein est un candidat heureux, précisa ironiquement Sastinov.

– Pas de gardes armés pour protéger les adultes ? s'inquiéta quelqu'un dans la salle.

– La question s'est posée, répondit Arthus, mais après réflexion nous n'avons pas jugé leur présence nécessaire.

– Et donc ? insista l'attachée de presse.

– Donc durant la semaine, les candidats vont à l'école, effectuent des travaux d'intérêt général, apprennent à gérer les contraintes de la vie en collectivité, ont des épreuves à surmonter, aussi bien physiques qu'intellectuelles, bref que du classique et tout ça sous les yeux d'une centaine de caméras.

Arthus Gappa fit une courte pause afin de se désaltérer. Il en profita pour observer attentivement les personnes présentes. Tous semblaient très à l'écoute. Cela le rassura, on ne pouvait mettre en place un tel projet que lorsque l'ensemble des partenaires était impliqué à cent pour cent dans l'aventure. Il reposa tranquillement son gobelet vide et poursuivit :

– On a même installé un confessionnal dans la chapelle de la prison où les candidats pourront venir se repentir de leurs erreurs passées. L'émission sera diffusée en continu sur les différents réseaux du supranet et de 18 heures à 20 heures sur notre chaîne câblée. Chaque samedi soir, en prime time, une émission décidera de l'élimination du candidat ayant recueilli le moins de voix...

Arthus se tourna ensuite vers Dorimon Vargas, le questionnant du regard.

– Nous sommes prêts, dit ce dernier, les téléspectateurs pourront voter par impulsion téléphonique ou via l'inter et le supranet. Les communications seront surfacturées par le prestataire de services et trente pour cent des sommes récoltées sera reversé à la chaîne. Chaque votant pourra postuler pour une place de killer en répondant à une série de questions pré-enregistrées. Il faudra une quinzaine de minutes pour venir à bout du questionnaire, autrement dit une petite fortune pour l'appelant. Et pour nous aussi par conséquent...

Arthus Gappa parut satisfait. Son sourire carnassier s'agrandit. Il reprit ses explications sur le même ton monocorde qui semblait dénué de tout sentiment humain.

– Le résultat des votes sera annoncé le vendredi soir et le nominé sera transféré le lendemain matin de l'île d'If à l'île Pomègues distante de quelques minutes, ce qui lui laissera toute la journée de samedi pour repérer les lieux, chercher une cachette, tendre des pièges, bref tout ce qu'il jugera utile d'entreprendre pour assurer sa survie. Bien entendu les téléspectateurs seront au premier rang puisque le candidat sera équipé d'une micro-caméra qui filmera en permanence son parcours. Il disposera aussi de deux rations de nourriture et d'une carte détaillée de l'île.

– Les killers auront-ils également cette carte à leur disposition ? demanda une assistante de production après avoir levé la main.

– Oui.

À nouveau des mains se levèrent parmi les assistants. Arthus désigna une jolie brune au tailleur strict.

– Il nous manque justement des précisions à propos de ces fameux poursuivants.

– Le choix des killers sera arrêté le mercredi soir, ils seront ensuite transférés dans le plus grand secret sur l'île Pomègues afin de se familiariser avec sa topographie. Ils y passeront toute la journée de jeudi. Le vendredi, retour sur Paris, où nous leur ferons remplir les documents officiels, contrats, assurances... Puis ils apprendront à se servir de leurs armes, des lunettes de vision nocturne et du matériel de vidéo-transmission dont ils seront équipés. Ils débarqueront à nouveau sur l'île samedi soir dès le début de l'émission. Les téléspectateurs pourront assister à la traque en direct grâce aux microcaméras placées sur leurs casques.

Une nouvelle question fut posée par un assistant de forte corpulence qui transpirait à grosses gouttes malgré la climatisation.

– Quelles sont les règles exactes de la traque ?

– Je vous ai préparé un mémo-graphique à ce sujet.

Une hôtesse-clone pressa un bouton et un document en trois dimensions surgit au centre de la table de réunion.

Quelle que soit la place occupée, le texte était parfaitement lisible.

RÈGLEMENT DU JEU

Article 1 : La traque est officiellement ouverte au moment de la prise d'antenne, soit 21 heures, heure universelle d'euro-diffusion.

Article 2 : La traque est officiellement terminée au moment du décrochage d'antenne, soit minuit, heure universelle d'euro-diffusion.

Article 3 : La traque est menée par cinq euro-killers sélectionnés parmi les votants téléphoniques. Le rôle de killer n'est accessible qu'aux citoyens d'échelon supérieur. *(En 2048, il fut décidé que les euro-citoyens seraient évalués sur une échelle graduée de 0 à 5, prenant en compte des éléments tels que : assiduité dans le travail, soumission à l'autorité de l'État-Maître, niveau de vie, nombre d'infractions routières constatées... Est considérée comme citoyen d'échelon supérieur toute personne atteignant le stade 4 ou 5.)*

Article 4 : Le but de la traque est l'élimination physique du concurrent ayant été nominé.

Article 5 : Une somme de quinze mille énergie-euros sera versée au killer remplissant le contrat.

Article 6 : Si, au moment du décrochage d'antenne, le contrat n'est pas rempli, le candidat sera considéré comme sauvé et réintégrera le château d'If. Il ne sera pas nominable la semaine suivante.

Article 7 : Aucune poursuite en justice ne pourra être envisagée contre le killer ayant rempli le contrat.

– Veuillez noter l'importance de l'article sept, commenta Arthus, nos killers ne risquent absolument rien vis-à-vis de la loi.

Un lourd silence s'ensuivit. Sastinov perçut le malaise et décida d'y mettre fin immédiatement.

– Je donne maintenant la parole à Harmance qui va nous expliquer le déroulement de la grande émission de fin de semaine.

Harmance Gustin mit quelques secondes à réagir, elle connecta presque à regret un mini-écran posé devant elle et commença à lire mécaniquement les notes qui défilaient devant ses yeux.

– La traque devrait logiquement couvrir la moitié du programme, soit une heure et demie. Nous avons également prévu deux tunnels de publicité de onze minutes chacun, des reportages sur les concurrents, sur leurs familles, les familles de leurs victimes...

Elle hésita un moment, sembla trouver un second souffle et poursuivit :

– Pour la chanson générique du jeu, nous allons utiliser les paroles de la comptine qu'Agatha Christie a déclinée dans l'un de ses plus célèbres romans : *Dix petits nègres*.

La brune en tailleur strict intervint sans demander la parole :

– Je n'ai pas l'honneur de connaître ce livre, que raconte-t-il ?

Harmance dut prendre sur elle pour répondre sans rien laisser paraître de son agacement.

– C'est un roman du siècle dernier. Pour résumer, dix personnes sont réunies sur une île appelée l'île du Nègre. Ces personnes sont mystérieusement éliminées les unes après les autres. À chaque nouvelle disparition, l'auteur ajoute un couplet à la comptine des *Dix petits nègres*. C'est exactement ce que nous ferons...

Sastinov se tourna ensuite vers le directeur des produits dérivés.

– À vous cher Andros, qu'avez-vous préparé d'intéressant ?

Andros Leccha s'empara d'une télécommande et appuya sur quelques boutons pré-programmés.

Les stores se fermèrent automatiquement, plongeant la pièce dans une pénombre sécurisante, un écran surgit du plafond et se déroula jusqu'au sol, enfin un vidéo-projecteur tridimensionnel incrusté dans le mur se mit en marche sitôt l'écran ouvert.

Andros commenta les images qui défilaient, sur un ton qui se voulait dynamique et enthousiaste.

– Outre le générique que nous allons commercialiser à grande échelle, soit par la vente directe soit en téléchargement payant, nous avons prévu un assortiment de produits à l'effigie des concurrents ou comportant simplement le logo de l'émission,

Comme vous le constatez sur les images, des tasses, des masques identitaires, des casquettes, des bracelets fluo sont déjà prêts.

Les images défilaient, laissant apparaître des gammes de produits allant de la serviette de bains au set de table, en passant par les armes de guerre utilisées par les killers et reproduites au format du jouet.

– À propos du générique, nous allons réaliser une première mondiale, déclara Sastinov. Harmance pourrait sans doute nous en toucher deux mots ?

Harmance Gustin toussota.

– En effet, le consommateur pourra télécharger chaque semaine, via son plasma-écran, le nouveau couplet de la chanson.

Un murmure d'admiration parcourut l'assistance, quelques personnes applaudirent. Dimitri Sastinov se leva, signifiant la fin de la réunion. Mais il adressa une dernière question à Ornélia Nundy.

– Pour la conférence de presse, la date est calée ?

Ornélia acquiesça sans donner plus de détails.

– Dans ce cas, je ne vous retiens pas, merci à tous, vous avez fait du bon travail !

Arthus Gappa s'apprêtait également à quitter la pièce, mais Dimitri Sastinov lui fit signe d'attendre.

Une secrétaire-clone referma les portes et les deux hommes restèrent seuls.

– Alors, demanda Dimitri Sastinov, comment avez-vous trouvé la réunion ?

– Bien, très bien. Tout le monde semble motivé…

Le directeur de la chaîne secoua la tête de gauche à droite.

– Vous n'y êtes pas du tout mon cher Arthus, la vérité est qu'ils vous détestent, vous et votre satané jeu !

Arthus parut abasourdi par l'information que venait de lui livrer son patron.

– Ils ne diront rien tant qu'ils vous sentiront sous ma protection mais à la première erreur, au premier faux pas, ils s'abattront sur vous avec la voracité d'une meute de hyènes !

– Merci pour l'avertissement.

– Tant que l'audience est bonne, vous êtes mon protégé, lâcha Dimitri, si ça dérape je ne vous connais plus.

– Message reçu cinq sur cinq, murmura Arthus Gappa.

Sastinov prit Arthus par l'épaule et l'entraîna hors de la pièce.

– À propos mon cher Arthus, il faudra me changer le nom de l'émission. *Et à la fin il n'en restera qu'un* est décidément trop long. On devrait pouvoir trouver quelque chose de plus percutant sans trop de problèmes.

Arthus parut surpris.

– Bien, si vous y tenez...

– J'ai eu une idée, poursuivit Sastinov, puisque nous sommes dans l'alibi culturel avec tous ces livres, Alexandre Dumas, Agatha Christie, pourquoi ne pas en remettre une couche avec une allusion à un livre de George Orwell ? *1984*, ça vous dit quelque chose ?

– Oui, je l'ai lu lorsque j'étais en euro-lycée.

– Que diriez-vous alors d'appeler notre émission *Big brother is watching you* ?

Arthus fit mine de réfléchir.

– *Grand frère vous regarde*, mais c'est génial, lâcha-t-il enfin avec un sourire crispé, pourquoi n'y ai-je pas pensé moi-même ?

– Parce que c'est moi qui suis génial ! répondit Sastinov sans la moindre ironie.

– Cela dit, poursuivit Arthus, ce titre a le même défaut que le précédent. Long et pas vraiment percutant...

Sastinov grimaça.

– Vous avez raison, admit-il, qu'avez-vous à proposer d'autre ?

La réponse d'Arthus fut immédiate.

– *La Traque* ! C'est un nom parfait pour le jeu.

Déjà Sastinov s'éloignait en lui tournant le dos.

– Eh bien soit, si vous y tenez tant, l'émission s'appellera ainsi.

3

Jeudi 11 juin 2057, 17 heures.
Siège de Réal-TV Europa 29. Troisième étage.
Conférence de presse destinée à dévoiler
à l'ensemble des médias le concept
du nouveau jeu de la chaîne, La Traque.

Une heure maintenant qu'Ornélia Nundy faisait face au groupe de journalistes survoltés présents dans la pièce. Elle s'efforçait de répondre d'un ton courtois, ne laissant rien paraître de son agacement face à certaines questions agressives de ses confrères de la presse écrite et parlée.

Phillipin Trola, rédacteur en chef de *L'Euro-Tribune*, leva la main pour obtenir la parole.

– Oui ?

– Si je vous ai bien compris, ce jeu va permettre à des citoyens d'échelon supérieur de commettre un meurtre sans être inquiétés par la justice !

Ornélia Nundy était une professionnelle, elle avait prévu ce type de question. Sa réponse fut immédiate.

– Je vous rappelle que tous les concurrents se sont rendus coupables de crimes de sang et qu'ils ont signé sans contrainte un document qui les émancipe à l'époque des faits. Ils sont donc passibles de la peine de mort. Réal-TV Europa 29 ne fait que remplir son devoir de chaîne citoyenne et responsable.

Un murmure parcourut l'assistance. Des cris fusèrent.

– C'est un scandale !

– Où est la morale dans tout ça ?

– Télé-poubelle !

– Il n'y a plus de limites...

Ornélia regarda discrètement en direction de Dimitri Sastinov. Ce dernier se tenait au fond de la salle, appuyé contre une colonne. D'un signe de la tête, il lui fit comprendre qu'il était temps de livrer un autre os en pâture aux journalistes.

Ornélia acquiesça d'un clignement des paupières.

– Voici maintenant les adultes qui accompagneront les concurrents dans le château d'If. Je vous ai fait préparer des fiches de presse holographiques que nos charmantes hôtesses vont se faire un plaisir de vous distribuer.

Une dizaine d'hôtesses-clones se mirent en mouvement. Efficaces et silencieuses.

Ornélia patienta le temps que les journalistes visionnent leur fiche, puis elle reprit la parole.

– Les mineurs-délinquants-émancipés seront encadrés par Fabricio qui est actuellement éducateur dans un foyer de jeunes en perte de repères. Il a trente ans et il est célibataire. Son rôle au château d'If consistera à planifier l'emploi du temps des concurrents, à veiller à la bonne organisation des travaux d'intérêt général et à garantir la sécurité des adultes présents sur le site.

La fiche de Fabricio montrait un homme de haute stature, aux épaules larges et rassurantes. Les télé-spectatrices allaient adorer son physique de play-boy.

– Les cours de remise à niveau seront assurés par Marianne Jossan qui est enseignante dans un collège situé en QENP *(Quartier d'Enseignement Non Prioritaire. Les collèges situés dans ces zones sont destinés à fournir à la société civile des citoyens de niveau 1 ou 2)*, autant dire qu'elle a l'habitude des cas difficiles. Elle est mariée, mère d'un enfant naturel et de deux enfants adoptifs. *(Le 13 mai 2046, le Congrès adopta le projet de loi numéro 67541, dite « loi de Rossi », qui limite à un le nombre d'enfants par couple légitime. Le droit d'adoption n'étant pas limité, cette loi eut pour effet de développer le trafic de nourrissons.)* Elle est âgée de trente-sept ans. Outre les quatre heures de classe quotidienne, elle assurera également la correction des devoirs. Elle dispensera des cours particuliers à ceux qui en feront la demande.

Ornélia marqua une pause, mais aucune question n'émanant de l'assemblée, elle poursuivit son exposé.

– Nous passons maintenant à la fiche numéro 3. Celle d'Amaurie Modinore. Amaurie est une psychologue réputée, spécialisée dans l'adolescence. Son livre *Des enfants-tueurs, une réponse adaptée de la société* est une référence en la matière. Amaurie a quarante-deux ans et elle est célibataire. Elle aura en charge le visionnage des séquences dans le confessionnal, assurera un entretien journalier avec les participants et devra contrôler la gestion émotionnelle du groupe. Elle se montrera particulièrement attentive la journée du dimanche, dit « jour de relâche », où les concurrents pourront se détendre, mais auront surtout à évacuer le stress provoqué la veille par la mort probable d'un élément du groupe.

– Comment une psychologue aussi connue peut-elle apporter sa caution à une telle horreur ? s'étonna un journaliste en aparté.

– L'argent, mon pote, lui renvoya un confrère sans même attendre une réponse possible d'Ornélia, l'argent et la notoriété encore plus grande que va lui apporter l'émission.

– Et puis elle écrira un livre sur le sujet une fois l'émission terminée, lâcha un troisième.

Ornélia sourit intérieurement. Andros Leccha avait travaillé à ce projet avec la psychologue, le titre du livre était déjà arrêté.

Elle jugea préférable de ne pas s'attarder et passa directement à la présentation du quatrième et dernier adulte.

– Nous aurons enfin un cuisinier en la personne de Rémy. Rémy a quarante-sept ans, il est divorcé et père de trois enfants naturels qui vivent avec leur mère. *(Les familles ayant eu plus d'un enfant naturel avant le 13 mai 2046 obtinrent l'autorisation exceptionnelle de l'État-Maître de garder leurs enfants supplémentaires.)* Rémy préparera les repas des occupants du château d'If. Il leur expliquera les bienfaits d'une alimentation saine et équilibrée.

Ornélia s'interrompit, le temps de reprendre son souffle. Elle contempla le parterre des journalistes, lisant dans les yeux de la plupart le dégoût que leur inspirait le jeu. Seuls quelques-uns, prévoyant à l'avance les tirages multipliés des journaux qu'ils représentaient, ne paraissaient pas se soucier d'éthique ou de morale.

– Des questions au sujet du personnel encadrant ? demanda Ornélia.

Personne dans l'assemblée ne leva la main.

– Pas de question, bien. Nous allons donc passer maintenant à l'info que vous attendez tous !

Derrière Ornélia Nundy, un rideau de velours rouge s'ouvrit, laissant apparaître une sublime créature aux formes généreuses. Un murmure d'admiration parcourut l'assistance, des journalistes laissèrent même échapper quelques sifflets.

– Bon sang, s'exclama Andros Leccha, pas elle !

Le secret avait été jalousement gardé, seuls quelques rares initiés étaient au courant et Andros découvrait le visage de l'animatrice avec les journalistes présents.

– J'ai l'honneur de vous présenter celle qui animera notre nouvelle émission, j'ai nommé Mélanie !

L'attachée de presse s'écarta et la jeune femme blonde au sourire éclatant prit sa place. Aussitôt des flashs crépitèrent et les doigts se levèrent parmi les journalistes surexcités. Désormais Sastinov pouvait s'éclipser, il savait que la partie était gagnée.

Dès le lendemain, son concept ferait la une des quotidiens européens et l'effet d'annonce irait en s'amplifiant jusqu'au début du jeu.

Il y aurait bien entendu les partisans et les détracteurs de l'émission mais l'audience globale de la chaîne y gagnerait. Les annonceurs se bousculeraient. Les prix de la seconde de publicité flamberaient.

Tout en quittant les lieux, Sastinov se frotta machinalement les mains.

Une vraie bonne soirée s'annonçait.

Andros Leccha n'imita pas son patron, il resta jusqu'à la fin de la conférence de presse collé sur son siège, se demandant par quel miracle Mélanie se retrouvait en haut de l'affiche alors qu'il la pensait définitivement grillée.

– Quel effet cela vous fait-il d'être l'animatrice d'un jeu dans lequel on va assassiner des enfants ? lança un journaliste.

La blonde écarta les bras et sourit de toutes ses dents refaites à neuf.

– Je suis très heureuse d'animer ce show, je donnerai le meilleur de moi-même et je suis certaine que le propos de l'émission plaira à un très large public !

Andros se prit la tête entre les mains. Comment pouvait-on tomber aussi bas ?

Mais le plus grave était sans doute encore à venir. Car Andros en était maintenant persuadé, Réal-TV Europa 29 ferait très certainement exploser l'audimat avec *La Traque*.

4

Dimanche 21 juin 2057, 21 heures.
Prise d'antenne.

Alinéa 17 du contrat d'entente liant le ministère de l'Euro-Justice à la chaîne Réal-TV Europa 29 :
Les noms des dix concurrents ne seront dévoilés qu'au moment de la première prise d'antenne.

Le cabinet d'avocats représentant le ministère de l'Euro-Justice avait été intransigeant sur cette partie du protocole signé quelques semaines plus tôt. Si bien qu'à soixante minutes du début du jeu, les noms des participants se trouvaient encore enfermés dans une enveloppe hermétiquement scellée, que détenait maître Zidenar, huissier de justice à Paris-Centre, l'une des dix-sept euro-capitales rotatives. *(En 2044 fut dressée une liste de dix-sept villes majeures auxquelles fut attribué le rôle d'euro-capitale. La ville est élue pour un an et doit céder sa place à une autre ville à la fin de l'année civile, soit le 31 décembre à 23 h 59, heure légale européenne. Le changement s'effectue suivant l'ordre alphabétique. Ainsi en 2045 la première euro-capitale fut Amsterdam.)*

Durant la nuit du vendredi 19 juin, les troupes spéciales de la police d'État transférèrent dans la plus grande discrétion les détenus-mineurs des diverses prisons où ils purgeaient leur peine vers un lieu tenu secret. Chacun des candidats fut placé dans une cellule de décompression possédant tout le confort nécessaire.

Ils purent s'y restaurer à leur guise, prendre une douche ou encore passer entre les mains d'un coiffeur-relookeur. Sur la table de la cellule, ils trouvèrent une combinaison aux couleurs de la chaîne. Leur prénom était imprimé dans le dos, sur les manches se trouvaient les logos des différents sponsors de l'émission. Tour à tour, ils avaient rencontré des journalistes de la chaîne qui les avaient interviewés, photographiés et filmés sous tous les angles. En fin de soirée, les journalistes étaient repartis.

Désormais, les dix adolescents attendaient leur transfert imminent par hélicoptère sur l'île d'If.

Ils ne s'étaient jamais rencontrés par le passé.

Après une première partie d'émission très explicative et un tunnel de publicité, Mélanie revint à l'écran et, levant les bras au ciel, annonça tout sourire :

– Il est maintenant temps de faire connaissance avec nos candidats !

En régie, le chef-opérateur envoya le programme de présentation des concurrents.

Les journalistes avaient réussi l'exploit de monter un clip-rétrospective pour chacun des concurrents en une journée et demie, mixant habilement images d'archives des procès, photos de familles, aussi bien des candidats que des victimes, ainsi que les clichés pris au cours de leur entretien en cellule de décompression.

Une voix off masculine commentait les images.

Une photo apparut ainsi qu'un jingle annonçant le premier concurrent.

– Notre candidat numéro un se nomme Steeve. Il est âgé de seize ans. Il a été arrêté suite à l'assassinat d'un couple de pharmaciens dont il avait braqué l'officine.

Steeve est une véritable boule de nerfs qui n'aime personne et le monde le lui rend bien. Personne ne l'aime. Pas plus ses parents, qui ont depuis longtemps renoncé à comprendre l'attitude de leur fils unique, que les divers professeurs ou éducateurs qui se sont succédé auprès du jeune homme en perpétuelle révolte, ou bien encore les déviants ayant croisé la route du jeune fugueur. Steeve n'a pas de véritables amis, c'est un solitaire. Il affectionne l'idée de ne compter que sur lui-même. Et une fois de plus la vie vient de lui donner raison. Voilà à peine un an qu'il a été condamné à la prison à vie, que déjà la chance se présente avec cette émission.

Bonne chance à toi Steeve !

Nouvelle photo, jingle à nouveau.

– Notre candidat numéro deux se nomme Romain. Il est âgé de quatorze ans. Le crime pour lequel Romain a été incarcéré est le meurtre d'un camarade de collège.

Romain est un intellectuel, ses petites lunettes cerclées en attestent. Son regard vif, son front haut, tout chez lui reflète l'intelligence. Brillant élève, issu d'une famille à fort potentiel, il s'est pris en cinquième d'une jalousie terrible envers un nouveau venu qui obtenait de bien meilleurs résultats que lui.

N'admettant pas la supériorité de cet élève, Romain l'a tout simplement assassiné en lui téléphonant. Tandis qu'il lui parlait, il a envoyé des ultrasons à travers l'appareil qui ont dans un premier temps fait éclater les tympans du malheureux, puis causé d'irréversibles dégâts au cerveau.

Très vite Romain s'est vanté d'être l'auteur de cet acte odieux. Le procès hyper médiatisé qui a suivi a montré un enfant confit de certitudes, incapable d'éprouver la moindre émotion, ni le moindre repentir.

Bonne chance à toi Romain !

Nouvelle photo, jingle à nouveau.

– Notre candidate numéro trois sera Ketty. Elle est âgée de seize ans. Elle a été accusée d'avoir assassiné un professeur d'euro-langage.

Lors d'un premier contact, Ketty peut aisément passer pour une jeune fille modèle. Toujours souriante, prévenante et d'humeur égale, elle respire la joie de vivre. Mais ces qualités ne sont que la résultante d'un irrésistible besoin de plaire.

Aussi quand ce jeune professeur d'euro-langage a résisté à ses charmes, elle ne l'a tout simplement pas supporté. Leurs relations se sont terriblement dégradées suite à plusieurs réflexions du professeur devant les élèves de sa classe, réflexions qui lui ont fait perdre son statut de star incontournable. Un matin, elle s'est tranquillement levée en plein milieu du cours et lui a planté un tournevis au niveau de la carotide.

Soyez persuadés que Ketty fera tout pour vous séduire. Elle sera gentille et charmante comme elle sait si bien l'être lorsqu'elle le désire.

Bonne chance à toi Ketty !

Nouvelle photo, jingle à nouveau.

– Notre quatrième candidate se nomme Loween. Elle est âgée de quinze ans et elle a assassiné un vigile-clone.

Loween est atteinte d'une maladie incurable. Elle est kleptomane. Autant dire que les candidats devront se méfier d'elle et éviter de laisser traîner leurs affaires. Elle ne supporte pas les déplacements en hélicoptère et a vomi à plusieurs reprises au cours de son transfert.

Loween volait des flacons de parfum quand elle a été repérée par un vigile-clone qui lui a barré la route en attendant l'arrivée d'une patrouille de police. Pour son malheur, Loween ignorait la loi d'exception numéro 415784 HK 241. (*En 2053, devant la recrudescence des atteintes sur la population-clone, le Congrès adopta à l'unanimité une loi stipulant que tout acte criminel envers un clone serait désormais traité au même titre qu'un acte criminel touchant un humain.)*

La jeune fille a assassiné son intercepteur sans le moindre état d'âme.

Bonne chance à toi Loween !

Nouvelle photo, jingle à nouveau.

– Notre candidat numéro cinq se nomme Jason. Il est âgé de dix-sept ans. Le crime qui lui est reproché est le meurtre de son père biologique.

Jason n'est sûr de rien, ni d'avoir fait le bon choix en postulant pour ce jeu ni d'avoir la moindre chance de s'en sortir vivant. Il pense en effet que les téléspectateurs hésiteront à voter contre les filles ou les plus jeunes concurrents. Il cumule donc des handicaps de taille, c'est un garçon et aussi le plus âgé des participants, deux bonnes raisons pour être nominé dès la première semaine.

Pourtant il se dégage de lui une telle sérénité que rien désormais ne semble pouvoir l'atteindre. Comme si, depuis ce soir maudit où il a fracassé le crâne de son père, plus rien n'avait d'importance.

Jason ne supportait plus ce père alcoolique qui ne revenait à la maison que pour battre sa mère et lui extorquer le peu d'argent qu'elle parvenait à économiser.

Bonne chance à toi Jason !

Nouvelle photo, jingle à nouveau.

– Notre sixième candidate se prénomme Amina et est âgée de quinze ans. Elle a tué son oncle par empoisonnement.

Amina sera notre seule candidate de couleur. C'est une très belle fille, grande et élancée, qui est dotée d'une grâce naturelle. Sa démarche chaloupée et ses yeux verts achèvent de vous terrasser lorsque vous la rencontrez pour la première fois. Le scintillement de ce diamant d'ébène n'a pas échappé à l'oncle chez qui Amina avait été placée à la mort de ses parents. Il lui rendait régulièrement visite la nuit lorsque sa femme dormait. Au début, Amina n'a rien dit, par peur, par ignorance aussi, mais peu à peu le dégoût l'a submergée. De la mort-aux-rats versée dans le café de son oncle a définitivement mis fin à son calvaire.

Aujourd'hui, Amina s'est promis qu'elle ne laisserait plus quelqu'un lui manquer de respect sans réagir. Comme une promesse d'enfance qui ne s'efface jamais avec le temps.

Bonne chance à toi Amina !

Nouvelle photo, jingle à nouveau.

– Notre candidate numéro sept s'appelle Lolita et c'est la benjamine de notre jeu. Elle n'a que dix ans. Elle a été condamnée pour le meurtre de son cousin âgé de cinq ans.

Lolita est donc la plus jeune du groupe, un bébé presque. D'ailleurs elle serre en permanence un ourson qu'une personne bienveillante lui a offert en prison. Un drôle d'ourson qui ne possède qu'un seul bras. La vie de Lolita s'est transformée en cauchemar le jour où elle poussait son jeune cousin sur une balançoire. Perdant l'équilibre, ce dernier est tombé en arrière et sa tête a violemment percuté une pierre fichée dans le sol. L'enfant est mort durant son transfert à l'hôpital.

Malgré les supplications désespérées des parents de la fillette, la famille a porté plainte contre Lolita, faisant de notre concurrente la plus jeune détenue à vie dans toute l'euro-nation.

Bonne chance à toi Lolita !

Nouvelle photo, jingle à nouveau.

– Notre candidat numéro huit a pour nom Kevin. Il est âgé de dix-sept ans. Il a tué sa petite amie.

Kevin a les yeux bleus, des épaules larges et de longs cheveux blonds réunis en catogan. Il plaît aux filles et pourtant il n'en a que faire.

Il n'en a aimé qu'une et il l'a tuée le jour où elle lui a annoncé son intention de le quitter.

Depuis, la vie de Kevin ressemble à un long tunnel obscur, d'où il ne parvient pas à s'extraire. S'il s'est porté volontaire pour ce jeu, c'est que désormais sa vie n'a plus grande valeur à ses yeux. Pourtant il ne peut empêcher l'espoir de l'envahir. S'il parvient à sortir vivant du jeu, peut-être pourra-t-il tout reprendre à zéro ?

Bonne chance à toi Kevin !

Nouvelle photo, jingle à nouveau.

– Notre candidat numéro neuf se nomme Allan. Il est âgé de seize ans et a provoqué le décès d'un karatéka au cours d'une compétition sportive.

Allan n'a jamais cessé de pratiquer ses exercices d'assouplissement quotidiens, même durant son séjour en prison. Sa bonne condition physique est le baromètre de sa santé morale. Depuis son plus jeune âge, Allan pratique les arts martiaux avec une rage féroce qui l'entraîne parfois dans des situations-limites comme le jour où il a livré le combat de trop, ce combat durant lequel il n'a pas su canaliser son énergie. Son adversaire est mort après un coup donné par notre candidat. La Fédération mondiale des sports de combat s'est portée partie civile et Allan a été condamné.

Voici Allan commençant une série de trente pompes sur un seul bras. Il lui faudra en effet être au sommet de sa forme pour affronter les killers.

Même armés et à cinq contre un, on ne peut affirmer que toutes les chances seront de leur côté. Et Allan, croyez-moi sur parole, est bien décidé à ne pas se laisser dégommer comme au stand de tir.

Bonne chance à toi Allan !

Nouvelle photo, jingle à nouveau.

– Notre dernière candidate se nomme Alicia. Elle est âgée de seize ans. Le crime qui lui est reproché est l'assassinat d'un policier.

Alicia a souvent le regard perdu dans le vide. On ne tue pas un représentant de l'ordre sans en payer le prix. Ce prix qu'elle paie depuis plus de deux ans en vivant dans une cellule nauséabonde.

Alicia se rappelle souvent la phrase que lui soufflait sa mère à l'oreille au moment du coucher : « Je t'aime, je t'aime plus que tout au monde, n'oublie jamais ça ! »

Elle n'oubliera pas et elle est fermement décidée à remporter la partie pour entendre à nouveau sa mère lui susurrer ces mots.

Bonne chance à toi Alicia !

5

Dimanche 21 juin 2057, 21 h 30.
Arrivée des candidats.

À vingt et une heures et trente minutes, le chef d'escadre Floston reçut le top départ dans son oreillette. Il fit signe à ses hommes de se tenir prêts et informa les deux pilotes d'hélicoptères qu'ils pouvaient lancer les moteurs hydrauliques.

Puis il pressa un bouton vert, libérant ainsi les issues des cages d'isolement. Les hommes de la brigade d'élite pénétrèrent dans le sas d'accueil.

– Allez les enfants, en route, ordonna Floston d'une voix sans nuance, c'est l'heure du cirque !

Le spectacle était grandiose. Dans la nuit tombante, des dizaines de projecteurs surpuissants balayaient le ciel de la ville, suivant l'approche des deux hélicoptères. Au bruit des rotors se mêlaient la musique du jeu d'ores et déjà en vente et la voix de l'animatrice qui annonçait les temps forts de l'émission. Une foule compacte s'était massée le long de la corniche qui bordait le front de mer, dans l'espoir d'apercevoir les concurrents à leur arrivée.

L'hélicoptère de tête, où se trouvaient les filles, se stabilisa au-dessus de la zone de largage. Une nouvelle voix vint s'ajouter à la cacophonie générale. Le chef d'escadre appelait les concurrentes et les invitait à s'arrimer et à se laisser guider pour leur descente sur l'île d'If.

– Concurrente numéro un, Amina. Parée pour arrivée sur zone, attendons le top de confirmation.

Une autre voix se fit entendre à l'instant où l'on découvrait sa silhouette à l'écran. C'était celle de Fabricio, l'éducateur, chargé de réceptionner les participants.

– Je suis prêt, vous pouvez envoyer !

Dimitri Sastinov jeta un œil sur les premiers indices. Depuis la prise d'antenne, l'audience ne cessait de croître, plus de vingt millions de foyers étaient connectés. Les prime time de *La Traque* laissaient espérer des gains conséquents. L'affaire s'annonçait bien.

Fabricio, reproduisant pour la cinquième fois consécutive le même geste, décrocha l'anneau de sécurité du harnais qui ceinturait Loween.

– Dernier colis livré, vous pouvez quitter la zone.

La voix de Floston, en partie couverte par le bruit des rotors de l'hélicoptère, lui répondit.

– Compris, nous dégageons. Le deuxième arrivage est prévu dans moins d'une minute.

Fabricio adressa son plus beau sourire à la nouvelle candidate.

– Loween, sois la bienvenue sur l'île d'If.

Loween le foudroya du regard.

– Va te faire foutre, espèce de gros con!

L'éducateur désigna la micro-caméra montée sur son casque.

– Tsss tsss, c'est très mauvais pour ton image ça, ma petite. Des millions de personnes ont entendu ce que tu viens de dire...

– Voilà ce qu'elle te dit mon image, répliqua l'adolescente en tendant son majeur vers le haut face à la caméra.

– Bon ça suffit maintenant, s'énerva Fabricio, rejoins les autres dans la cour intérieure.

Loween mima un salut militaire en faisant claquer ses talons.

– À vos ordres, mon capitaine!

Sastinov jubilait. Les téléspectateurs adoreraient cette furie. La directrice de casting qu'il avait envoyée sillonner les prisons du vieux continent avait fait du bon boulot, tout le monde en aurait pour son argent, l'émission serait un énorme succès. Il n'avait plus le moindre doute de ce côté-là. Un sourire se coinça sur le bord de ses lèvres. Il ne fit rien pour l'effacer.

Déjà le deuxième hélicoptère s'annonçait. Fabricio courba l'échine pour éviter le phénomène d'aspiration des rotors. Au loin montaient les cris de la foule en délire. Plus de cent mille spectateurs étaient massés sur le bord de mer. Même l'OML *(Olympique de Marseille-Libre)* actuellement cinquième de l'Euro-Ligue de football ne parvenait pas à rassembler autant de monde lors des rencontres à domicile.

– Hélicoptère stabilisé, annonça le pilote, on envoie le premier colis.

Kevin commença sa descente, suivi par un projecteur. Un feu d'artifice éclata dans le lointain.

L'écran de contrôle était partagé en quatre cases bien distinctes. Sur la vignette une, Mélanie en direct sur le plateau commentait les événements, rappelait les règles du jeu et surtout encourageait les téléspectateurs à voter dès à présent pour leurs favoris.

La vignette deux retransmettait l'image filmée par la caméra fixée sur le casque de Fabricio, on y suivait l'accueil des nouveaux venus tel que le vivait l'éducateur.

La vignette trois proposait tour à tour une vue panoramique de Marseille, un plan d'ensemble des îles du Frioul, l'arrivée des participants dans la cour intérieure où les attendaient les quatre adultes, des plans serrés de personnes qui assistaient au spectacle, des interviews de personnalités...

La vignette quatre, enfin, proposait une balade à l'intérieur du château d'If, les visages des dix adolescents au fur et à mesure de leur débarquement, la fiche signalétique des accompagnateurs, ainsi que le programme des journées à venir et les conditions à remplir pour devenir l'un des killers du samedi soir.

Les téléspectateurs pouvaient agrandir chaque vignette plein écran suivant leur désir. Il leur suffisait de taper le numéro de la vignette désirée sur leur télécommande.

Steeve fut le dernier des garçons à quitter l'hélicoptère. Fabricio n'eut pas le temps d'esquisser le moindre geste que l'adolescent avait décroché son harnais.

– Bienvenue sur l'île mon gars, lança-t-il tout sourire.

– T'es qui toi ? répliqua sèchement Steeve en ignorant la main tendue par l'éducateur.

– Je m'appelle Fabricio. Je suis chargé de votre encadrement durant votre séjour au château d'If.

Steeve lui lança un regard noir.

– T'es un flic, quoi ! Ou une espèce de vigile ?

– Non, pas du tout, répondit Fabricio, je suis éducateur et...

Mais déjà le dernier concurrent filait vers le château d'If.

– Je m'en fous, tant que tu ne me prends pas la tête !

Tout en faisant signe au pilote de l'hélicoptère de quitter la zone, Fabricio se demanda soudain ce qu'il était venu faire dans cette galère.

Une nouvelle voix se fit entendre à l'antenne, celle d'Amaurie Modinore, la psychologue du groupe.

– Eh bien voilà ma chère Mélanie, nos concurrents sont désormais arrivés, nous allons maintenant procéder en leur compagnie à une visite des lieux.

Brusquement, les quatre vignettes fusionnèrent en une seule image centrée sur l'animatrice.

– Très bien Amaurie, nous vous retrouverons après une nouvelle pause. Et surtout n'hésitez pas dès à présent à voter pour votre candidat favori, n'oubliez pas que sa survie dépend de vous !

Un jingle assourdissant annonça le tunnel publicitaire dont le son était automatiquement amplifié. Même en s'enfermant à double tour dans ses toilettes le téléspectateur n'échappait pas aux messages des divers sponsors.

Dimitri Sastinov sortit son dicto numérique. Le son de sa voix déclencha l'enregistrement immédiat.

– Pensez à revoir les tarifs de seconde-publicité à la hausse.

Puis il connecta son oreillette, tandis qu'il observait sur l'écran de contrôle Mélanie en train de se faire repoudrer le visage par une maquilleuse.

– Alors ma chérie, tout se passe comme tu veux ?

– À merveille, glousse la blonde animatrice, c'est génial !

– Bon, continue comme ça. Tu souris un maximum et tu rappelles le numéro de connexion-appels toutes les cinq minutes, c'est important.

Étant donné qu'elle était intéressée à hauteur de un pour cent sur les gains audiotel, Mélanie n'allait sûrement pas oublier.

– À propos, tu te souviens que j'ai retenu une table à *L'Optimum* après l'émission, ajouta-t-il.

La présentatrice ne put s'empêcher de le taquiner :

– Et ta femme, qu'est-ce qu'elle dit de tout ça ?

– Laisse ma femme tranquille ! la coupa sèchement Sastinov.

Soudain une voix en régie annonça :

– Antenne dans une minute !

Mélanie congédia d'un geste la maquilleuse et se concentra sur le texte qui s'affichait déjà sur le prompteur.

– Chers téléspectateurs, vous êtes de retour dans notre émission *La Traque*…

6

Lundi 22 juin 2057, premier jour de jeu.

À huit heures, tous les concurrents furent appelés dans la salle de cours que la production avait aménagée au rez-de-chaussée du bâtiment central. Steeve n'était pas d'humeur joyeuse.

– C'est quoi cette histoire ? En taule je pionçais jusqu'à pas d'heure !

Marianne Jossan, l'enseignante, le reprit sur un ton sévère.

– Surveillez votre langage, nous ne sommes pas dans la rue !

– On sait, commenta Jason, le problème c'est que la rue est nettement plus humaine que votre jeu !

Il y eut un éclat de rire général. Fabricio tapa dans ses mains pour tenter de ramener le silence.

– Allons jeunes gens, du calme. Madame Jossan va vous expliquer ce qu'elle attend de vous...

En régie finale, Arthus Gappa s'adressa au réalisateur.

– Faites-moi un plan serré sur celui qui vient de les faire rire.

– C'est parti, répondit ce dernier.

La micro-caméra placée dans un angle de la pièce zooma silencieusement sur Jason.

Pendant ce temps, Marianne Jossan lisait l'emploi du temps à haute voix.

– Le matin, nous ferons une remise à niveau en mathématiques et nous perfectionnerons votre eurolangage. L'après-midi sera consacré à des cours de culture générale, annonça-t-elle.

Une candidate leva la main.

– Oui Loween, vous voulez poser une question ?

– Pourquoi vous donner tant de mal à nous instruire puisqu'on va tous crever à la fin ? demanda la concurrente, un sourire au coin des lèvres.

Un silence gênant s'installa. Arthus hurla dans le micro de la régie finale :

– Mais qu'est-ce que vous foutez, bon sang ! Répondez !

Le message crépita dans l'oreillette d'Amaurie Modinore. Il lui fallait intervenir, c'était son boulot, la production la payait pour gérer ce genre de situation.

– D'abord, vous n'allez pas tous mourir, commença la psychologue d'une voix hésitante, il y aura un survivant, ou une survivante, à qui la société offrira une seconde chance…

Sentant sa collègue s'essouffler, l'enseignante prit le relais :

– Et nous désirons que cette personne parte avec un maximum de connaissances.

– Tu parles ! murmura Alicia.

Soudain, Romain se dressa, les deux mains posées à plat sur sa table.

– Eh, un instant ! Nous connaissions tous les règles du jeu lorsque nous avons donné notre accord. Il me paraît incorrect de les remettre en question une fois que l'émission a commencé.

– Nous ne remettons rien en question, lui répondit Jason, nous constatons juste que ce jeu est une belle saloperie.

– N'empêche que saloperie ou pas, ce jeu va permettre à l'un d'entre nous de s'en sortir, s'énerva Steeve.

– Assez perdu de temps, dit Romain, débutez les cours, madame Jossan.

La prof allait ouvrir la bouche, mais la psychologue fut plus rapide qu'elle.

– Attendez, avant de commencer il me semble important que chacun s'exprime sur le sujet.

Elle se tourna vers la jeune Africaine.

– Qu'en pensez-vous, Amina ? Vous n'avez rien dit jusqu'à présent...

Amina s'inclina devant la psychologue.

– Moi y'en a être d'accord avec toi bwana ! Tout ce que dit l'homme blanc est bon pour le pauv'nègre !

La classe éclata de rire. Amaurie Modinore, pétrifiée, fixait la caméra de contrôle. Son regard reflétait la panique totale.

Arthus posa sa main sur l'épaule du réalisateur.

– Vous veillerez à ce que cette séquence soit coupée au montage.

– Bien monsieur, c'est vous qui en prenez la responsabilité ?

Il n'était pas neuf heures et déjà les nerfs du jeune concepteur étaient à fleur de peau.

– Bien entendu, s'emporta-t-il, j'assume mes actes.

Arthus s'éloigna vers la porte de sortie. Après un moment d'hésitation, il revint sur ses pas.

– Euh...

– Oui, demanda le réalisateur, l'œil narquois, que voulez-vous encore ?

Les assistants s'étaient eux aussi figés dans l'attente. Arthus se pencha par-dessus l'épaule du réalisateur et lui murmura à l'oreille :

– Pas un mot de tout ça à monsieur Sastinov pour l'instant, on est bien d'accord ?

– Du moment que vous assumez, il n'y a pas de problème.

Cette fois-ci, Arthus fila directement vers la sortie. Il marmonnait entre ses dents :

– Pas de problème... Pas de problème... Il faudrait être aveugle et sourd pour ne pas se rendre compte qu'il va y en avoir des problèmes !

7

Jeudi 25 juin 2057, quatrième jour de jeu.

Au fil de la semaine, les craintes d'Arthus Gappa s'étaient dissipées.

Peu à peu, les concurrents les plus rebelles s'étaient pris au jeu, ayant conscience qu'ils risquaient leur vie et que l'opinion des spectateurs-votants serait sans doute déterminante.

Après des débuts chaotiques, la vie sur l'île s'organisait. La bonne humeur inaltérable de Rémy le cuisinier y était pour beaucoup. C'est lui qui, bien plus que la psychologue, servait d'intermédiaire lorsqu'un conflit éclatait entre les candidats.

Sa cuisine ouverte jour et nuit était d'un grand réconfort, plus encore que le confessionnal, quasi déserté, pour les concurrents ayant une faiblesse passagère. Ils pouvaient y faire le plein de nourriture et ils étaient certains d'y trouver une oreille attentive à leurs malheurs.

Très rapidement, sur une idée de Mélanie, la plupart des adolescents s'étaient vus affublés d'un surnom. Ainsi Allan était devenu Mister Kung-Fu tant ses exercices matinaux sur la pelouse du château passionnaient les foules. Lolita avait été surnommée Lolita Baby. D'après divers sondages, c'est elle qui pour l'instant avait les faveurs du public.

La presse, de manière générale, faisait la part belle à l'émission. Le troisième jour, un magazine à gros tirage lui avait consacré sa couverture :

Des révélations exclusives
sur le nouveau jeu de Réal-TV Europa 29

MARIANNE LA PROF AURAIT
UNE LIAISON SECRÈTE
AVEC FABRICIO L'ÉDUC !

(tous les détails en pages intérieures)

Le soir même, Marianne Jossan avait juré devant des millions de téléspectateurs sur la tête de ce qu'elle avait de plus cher, son fils naturel, qu'il ne s'était jamais rien passé entre elle et Fabricio, implorant son mari de ne pas croire tout ce que racontaient les journaux.

Curieusement, cette confession avait eu pour effet de donner à l'enseignante la dimension humaine qui lui manquait jusqu'à présent.

Seule la psychologue avait encore du mal à trouver ses marques. Elle s'était opposée un moment à l'idée de Mélanie, en argumentant que le fait de donner un surnom à quelqu'un revenait à le réduire à une partie de sa personnalité ou de son aspect physique, ce qui n'était pas souhaitable. Sastinov était intervenu personnellement pour apaiser le début de polémique, rappelant au passage à Amaurie Modinore qu'il était l'actionnaire majoritaire du groupe de presse qui éditait ses livres.

Amaurie s'était intelligemment abstenue de tout commentaire et avait laissé l'animatrice développer son idée.

Depuis le début du jeu, la psychologue avait observé la constitution de groupes. À ce jour, elle en avait répertorié trois, bien distincts.

Le groupe de ceux qu'elle appelait les « révoltés » était constitué d'Amina, Steeve et Alicia. Ces trois-là ne faisaient aucun effort pour plaire au public, tout juste s'ils consentaient à participer aux tâches ménagères quotidiennes. Sans parler de leurs résultats en classe qui étaient proches du zéro. D'ailleurs, dès le premier jour, Steeve avait tenté de fuir par la mer, mais il avait rapidement renoncé en constatant que sa peau brûlait au contact de l'eau.

Le deuxième groupe était constitué des « absents », ceux qui se contentaient de suivre le cours du jeu, sans tenter de séduire ou de choquer les téléspectateurs. Allan, Loween, Jason et Lolita en faisaient partie. Ils remplissaient leur part de contrat et le reste du temps ils vaquaient à leurs occupations personnelles. Allan pratiquait ses katas sur la pelouse du jardin, Jason épluchait les ouvrages de la bibliothèque située au premier étage, Loween tournait dans le château à la recherche de trucs à barboter et Lolita suçait son pouce tout en caressant son ourson manchot.

Dans le dernier groupe enfin, qu'Amaurie Modinore nommait le groupe des « concernés », figuraient Kevin, Romain et Ketty. Ceux-ci avaient mis au point une stratégie, ils se montraient de manière générale attentifs en cours, respectueux des consignes de vie commune et corvéables à souhait.

Bien entendu ces groupes n'étaient pas définitivement constitués, des passerelles existaient entre eux. Ainsi Romain jouait parfois aux échecs avec Jason ou bien encore Amina s'occupait de Lolita. Un sociologue aurait pu faire de ce terrain d'observation en perpétuelle mouvance un prodigieux sujet de thèse.

La psychologue en était désormais convaincue, Arthus avait négligé un aspect essentiel dans la conception du jeu, l'aspect humain. Les adultes n'avaient pas face à eux dix pions à qui l'on pouvait gentiment demander de s'aligner et de se déplacer suivant les humeurs du moment, non ! Ils avaient face à eux dix êtres humains de chair et de sang, guidés par un instinct essentiel, l'instinct de survie. Les candidats ne se laisseraient pas conduire vers la mort semaine après semaine en continuant de sourire à la caméra. À un moment ils feraient bloc et se rebelleraient.

Amaurie Modinore évoquait ses inquiétudes à chaque bilan de fin de journée, une réunion secrète qui réunissait hors caméra les quatre adultes de l'île et les instances dirigeantes de l'émission. Après un résumé des événements marquants de la journée écoulée, chacun était invité à donner son avis, le brassage d'idées étant supposé servir l'intérêt du jeu. À chaque fois, on faisait comprendre à Amaurie que ses craintes n'avaient aucun fondement.

D'après Arthus Gappa, les candidats ne fonctionnaient pas avec l'instinct d'une meute de loups, ils étaient des prédateurs solitaires qui ne voyaient pas plus loin que leur propre désir.

– Si vous en savez autant sur la psychologie des adolescents incarcérés, pourquoi avoir fait appel à mes services ? s'était emportée Amaurie Modinore.

La voix de Dimitri Sastinov avait résonné dans les oreillettes, sèche et cassante.

– Vous pouvez vous retirer du jeu, madame Modinore, si vous ne vous jugez plus utile pour l'émission.

Une fois de plus, le débat était clos.

8

Vendredi 26 juin 2057, cinquième jour de jeu.
Première nomination.

À 17 h 50 précises, la voix du régisseur s'éleva dans le soir naissant, relayée par les dizaines de haut-parleurs installés à travers le château.

– Les concurrents ainsi que le personnel d'encadrement sont invités à se rendre toute affaire cessante dans la salle du jugement pour l'émission du soir !

Il y eut un silence, puis la voix se fit entendre à nouveau. Un peu plus chaude que d'habitude.

– Et... bonne chance à tous.

Jason, qui disputait une partie d'échecs avec Romain, esquissa un sourire en se redressant.

– On croit rêver... Bon, il faut y aller Romain. Quelle galère !

Romain se leva à son tour.

– Je ne suis pas inquiet. J'ai fait une super semaine, le public a sûrement voté en masse pour moi.

Jason ne prit pas la peine de lui répondre et se dirigea d'un pas lourd vers la salle du jugement.

Une heure auparavant, au huitième étage de l'immeuble de Réal-TV Europa 29, s'était tenue la première réunion-bilan de l'émission.

Étaient présents ceux que l'on appelait désormais la « garde rapprochée » de Dimitri Sastinov.

Il y avait Arthus Gappa, concepteur du jeu. Mélanie, présentatrice de l'émission. Harmance Gustin, responsable du département musique. Dorimon Vargas, gérant de messager.com, une filiale de Réal-TV Europa 29, responsable des appels surtaxés et des téléchargements payants. Andros Leccha qui avait en charge la gestion des produits dérivés et des espaces publicitaires. Ornélia Nundy enfin, qui s'occupait des relations avec la presse et veillait à la bonne visibilité de l'émission.

– Qui ouvre le bal ? lança Sastinov. Je vous préviens, je veux entendre des chiffres qui me fassent bondir de joie !

Harmance leva la main.

– Je commence si personne n'y voit d'inconvénient.

Le directeur l'encouragea d'un signe de la tête.

– Je vous demanderai juste d'être brefs, le direct débute dans moins d'une heure.

– Bien... En ce qui concerne le générique, nous avions effectué une mise en place de vingt millions d'unités. À ce jour, près de sept millions ont été vendus.

– Ce qui laisse espérer un nombre équivalent de connexions pour télécharger le premier couplet de la chanson, compléta Dorimon Vargas.

Dimitri parut satisfait.

– Excellent, nous sommes au-delà de nos prévisions les plus optimistes.

Il se tourna en direction d'Andros Leccha.

– Les chiffres concernant les produits dérivés s'affolent aussi, expliqua ce dernier. Nous faisons un carton avec l'ourson de Lolita et les posters de Kevin s'arrachent comme des petits pains.

Le sourire de Dimitri s'élargit davantage. Il se tourna vers l'attachée de presse.

– La couverture médiatique est totale, annonça Ornélia Nundy, tous les journaux ont évoqué au moins une fois le jeu dans leurs colonnes. Les radios et les télés en parlent également, sans compter supranet où les réseaux sociaux tels Tracebook ou Flewter s'affolent. Il y a même eu un débat à l'euro-assemblée au sujet de la légalité du concept...

Dimitri Sastinov jeta un œil inquiet vers Arthus Gappa. Celui-ci le rassura aussitôt.

– Pas de soucis, nous sommes couverts juridiquement. Tout est légal.

Ornélia reprit son exposé.

– Demain, pour la première traque en direct, nous devrions faire la une de la totalité des euros-quotidiens.

– Parfait ! s'exclama Dimitri. Mélanie ?

– Tout se passe bien pour moi, glousse la présentatrice, et je tiens une fois de plus à vous remercier de la confiance que vous m'accordez...

« Tu parles, pensa Andros, si le patron ne t'avait pas imposée, personne ne voudrait de toi. »

Sastinov se tourna enfin vers le concepteur du jeu.

– Arthus ? Faites-nous un point complet sur la situation dans le château.

– Eh bien commençons par les candidats. L'adaptation à la vie en collectivité a été plus difficile pour certains que pour d'autres, mais désormais chacun semble avoir trouvé sa place dans le jeu et ils attendent tous avec angoisse le nom du nominé pour la traque de demain...

– Connaissons-nous déjà celui qui a été désigné ? demanda Sastinov.

– Oui, ce sera Steeve qui obtient moins de trois pour cent de votes en sa faveur, l'informa Dorimon Vargas.

– En ce qui concerne les adultes, poursuivit Arthus, notre cuisinier fait l'unanimité, l'enseignante et l'éducateur s'en sortent plutôt bien, seule la psychologue a du mal à gagner les suffrages. Cela devrait s'arranger en deuxième semaine.

– Il faut dire que la liaison entre Fabricio et Marianne que nous avons servie à la presse était une idée de génie, précisa Dimitri Sastinov, encore bravo pour cette trouvaille !

Ornélia Nundy inclina la tête en rougissant.

– Sur le plan technique, continua Arthus, nous avons un petit souci avec certaines caméras victimes de coupures intempestives. Nous avons chargé Fabricio de les réparer au plus vite.

Sastinov s'adressa à Arthus sur un ton qui n'avait rien d'amical :

– Je veux un rapport complet sur ces caméras défectueuses lundi à la première heure !

– Vous l'aurez ! répondit tout aussi sèchement Arthus.

– Est-ce que nous connaissons déjà les killers qui opéreront demain ? demanda Harmance Gustin.

Arthus Gappa sortit un compacteur d'images de son attaché-case.

– Oui, nous avons les noms depuis mercredi soir.

Le jeune concepteur connecta l'appareil et cinq fiches de renseignements apparurent sur la table en verre.

– Il y a un employé de banque, deux commerçants, une profession libérale et un chef d'entreprise. Uniquement des hommes.

– Les femmes ont constitué la grande majorité des appels, précisa Dorimon, mais elles ont été rares à postuler pour une place de killer.

« L'humanité a encore une chance », pensa Harmance.

Sastinov consulta sa montre.

– Bien, tout m'a l'air plus que parfait. Je vous propose à tous de partager une coupe de champagne avant de regagner vos postes pour l'émission de ce soir…

La présentatrice tapa dans ses mains.

– Excellente idée, dit-elle, j'adore les bulles qui pétillent.

9

Mercredi 1er juillet 2057,
deuxième semaine de jeu.

Le début de semaine fut particulièrement éprouvant. Les adolescents étaient sous le choc. L'exécution de Steeve qu'ils avaient suivie en direct dans la salle des retransmissions ne les laissa pas indifférents, même si ce dernier n'était pas particulièrement apprécié. La psychologue avait pourtant insisté pour que les candidats n'assistent pas à l'émission, mais une fois de plus ses conseils n'avaient pas été pris en compte.

La perversion du programme avait d'ailleurs atteint son paroxysme au cours de cette soirée. On avait filmé les concurrents durant la traque et les journalistes préparaient un sujet intitulé : *Leurs réactions face à la mort de Steeve.*

Conscients du traumatisme collectif, les adultes se montrèrent à la hauteur de leur réputation.

Le dimanche, Amaurie reçut longuement chacun des concurrents dans la salle de la parole libérée, la seule pièce qui n'était pas équipée de caméras. Marianne relâcha la pression qu'elle maintenait en permanence sur ses élèves et Fabricio organisa une série de jeux après les cours du lundi et du mardi. Enfin, la bonne humeur permanente de Rémy et la qualité de sa cuisine permirent à chacun, sinon de retrouver le sourire, du moins d'évacuer la tension et d'oublier peu à peu les terribles images.

Jason découvrit ce qu'il cherchait depuis plusieurs jours en tournant la page soixante-douze du vieux livre qu'il avait posé à plat sur la grande table de la bibliothèque.

– Qu'est-ce qui te passionne à ce point ?

Jason sursauta et referma prestement l'ouvrage.

– Rien de spécial, je feuilletais un livre pour passer le temps. Qu'est-ce que tu veux ?

– C'est l'heure du cours de madame Jossan, on n'attend plus que toi, marmonna Kevin en quittant la pièce.

Jason rejoignit les autres élèves en salle de cours mais il eut du mal à se concentrer sur les graphiques et les explications de la prof. Il ne cessait de repenser à l'importance de sa découverte et espérait que ce sale fouineur de Kevin n'avait pas repéré le titre du livre qu'il lisait. L'adolescent avait pris soin de remettre l'ouvrage à sa place avant de regagner la salle de cours. Il y retournerait dès ce soir. Si ce qu'il croyait possible se révélait juste, alors seulement il en parlerait aux autres.

Jason sourit. L'espoir venait de naître.

– Ça suffira pour aujourd'hui, annonça Marianne Jossan. Vous me ferez les exercices six et sept de la page quarante-deux de votre livre de mathématiques. Je vous souhaite une bonne soirée.

On frappa timidement à la porte et la tête du cuisinier apparut dans l'entrebâillement.

– Je vous dérange ? demanda-t-il.

– Pas du tout, répondit l'enseignante, nous venions juste de terminer.

– Je suis passé voir si certains d'entre vous accepteraient de m'aider à préparer le repas du soir.

Sans hésiter, Jason se proposa. Ketty se porta également volontaire.

« Toujours prête à se faire bien voir des téléspectateurs-votants », pensa Jason.

Rémy parut satisfait.

– Parfait, je vous attends tous les deux en cuisine dans dix minutes.

Lorsque Jason arriva, Ketty était déjà en train de nouer un tablier autour de sa taille en souriant. Il se demanda si ce sourire lui était adressé, puis il se rappela la présence des caméras.

« Un peu de zèle ne fait jamais de mal », se dit-il.

Le cuisinier leur fit signe d'approcher.

– Maintenant que nous sommes tranquilles, je peux vous révéler la véritable raison...

Soudain, Rémy s'interrompit, hésita puis se dirigea vers un rideau aux couleurs psychédéliques qu'il ouvrit. Là se trouvait un panneau électrique. Il coupa le disjoncteur et le réenclencha aussitôt. Jason remarqua que les diodes de contrôle des caméras placées en cuisine ne se rallumaient pas.

– C'est une faiblesse du système, leur expliqua Rémy. Après une coupure de courant, il faut environ une minute pour que les caméras soient de nouveau opérationnelles. Juste le temps dont j'ai besoin pour vous parler...

« Ça alors, pensa Jason, c'est une journée pleine de surprises ! »

Si le défaut était valable pour l'ensemble du château, alors la partie devenait vraiment jouable.

– Hier soir, poursuivit le cuisinier, en parcourant vos fiches personnelles, je me suis rendu compte que Lolita fêtera ses onze ans demain...

Ketty cessa brusquement de sourire. Non seulement parce que les caméras ne filmaient plus, mais aussi parce qu'elle réalisait que les téléspectateurs auraient beaucoup de mal à ne pas voter en faveur d'une candidate le jour de son anniversaire, et aussi jeune de surcroît...

Plus que jamais Lolita apparaissait comme sa plus sérieuse concurrente.

– Nous allons donc lui préparer un gâteau et je vous demanderai de garder le secret jusqu'à demain soir.

– Pas de problème pour moi, annonça Jason.

D'un signe de la tête, Ketty fit comprendre qu'elle était d'accord aussi.

« Si seulement je pouvais y ajouter du poison ! » pensait-elle en réalité.

Les diodes ne s'étaient toujours pas rallumées. Jason se dit qu'il devait agir tout de suite. Il inspira profondément et questionna Rémy de son air le plus naïf.

– A-t-on vraiment tout ce qu'il faut pour préparer un gâteau d'anniversaire digne de ce nom ? Aucun hélicoptère n'est venu nous ravitailler depuis trois jours. Et je n'ai pas vu de bateau accoster.

Le cuisinier tomba tête la première dans le piège.

– Ne t'inquiète pas, les ingrédients m'ont été livrés ce matin par un autre mode de transport…

Jason n'était pas inquiet, il était même rassuré. Il connaissait le circuit qu'utilisait la production pour livrer les colis urgents. Et il allait leur servir pour quitter cette île maudite.

Un bip sonore retentit et les diodes des caméras clignotèrent.

– Attention les caméras fonctionnent, annonça Rémy.

Déjà Ketty était tout sourire.

Pendant le repas, Jason se pencha discrètement à l'oreille de Lolita.

– Ce soir, réunion dans ma chambre à minuit. Transmets l'information aux autres.

Lolita ôta son pouce de la bouche pour l'occasion.

– Ça marche, soupira-t-elle.

10

Jeudi 2 juillet 2057. 0 h 15.
Quartier des dortoirs.

Allan fut le dernier à pénétrer dans la chambre de Jason. Lolita et Loween étaient arrivées depuis dix bonnes minutes. Pour faire patienter Lolita, Loween lui racontait des histoires drôles et la gamine était aux anges.

– Excusez-moi, j'ai eu un contretemps de dernière minute, dit Allan qui se tenait le ventre en grimaçant.

Lolita éclata de rire.

– J'ai eu le même problème il y a deux jours, le rassura Jason, c'est parce que ton estomac a du mal à s'habituer. Trop de différence avec la merde qu'on nous servait en prison.

– Ça te passera vite, sourit Loween, j'y ai eu droit moi aussi !

Allan désigna la caméra installée dans un angle de la pièce et fronça les sourcils en direction du maître des lieux. Jason comprit sa question muette.

– Elle est coupée. Fabricio n'est pas parvenu à identifier l'origine des pannes.

Allan s'assit lourdement sur le lit.

– Ça confirme ce que je pensais, cet éducateur est vraiment un gros nul. Alors, quel est le but de cette réunion secrète ?

Jason ménagea un silence avant de répondre :

– J'ai trouvé le moyen de nous tirer d'ici.

Quelques minutes plus tard, il leur expliqua comment, après de longues heures de recherches dans la bibliothèque, il avait découvert les plans du tunnel sous-marin qui reliait l'île d'If au continent.

– Ce qui m'a mis la puce à l'oreille, dit-il, c'est qu'il n'y avait aucun câble extérieur.

Puis il leur fit part de sa deuxième découverte. Il était possible de couper toutes les caméras d'une même zone en une fraction de seconde.

– Il faut repérer l'emplacement des disjoncteurs, expliqua Jason. Lolita s'en chargera. Personne ne se méfie d'elle.

Allan paraissait sceptique.

– En supposant que nous pouvons couvrir notre fuite en coupant les caméras, qu'est-ce qui nous prouve que le tunnel est assez large pour qu'une personne puisse s'y glisser ?

Il était temps pour Jason de dévoiler sa troisième trouvaille du jour.

– J'ai appris par le cuisinier que la nourriture n'était pas toujours livrée par hélicoptère.

– Et alors ? demanda Loween.

– Alors aucun bateau n'a accosté depuis notre arrivée. Le seul moyen d'acheminer du matériel autrement que par hélicoptère ou par bateau, c'est…

– Le tunnel ! s'écria Lolita.

– T'as tout compris, sourit Jason.

– Ce qui laisse espérer qu'il est praticable, compléta Loween.

– Exactement, et c'est là que tu interviens, poursuivit Jason. J'ai repéré l'entrée du tunnel, aucun code ou système électronique compliqué, juste une vieille porte en bois. À toi de t'emparer de la clé qui ouvre le passage. Sans que personne s'en aperçoive.

– Trop facile, lâcha l'adolescente kleptomane, c'est comme si c'était fait.

– Pour résumer, reprit Allan, on se taille par le tunnel après avoir éteint toutes les caméras ?

– C'est à peu près ça. En plus on va choisir notre jour.

– Lequel ? demanda Lolita.

Jason prit un air énigmatique.

– Un jour où tout Marseille aura la tête ailleurs…

Allan avait suivi la pensée de Jason et soudain son visage s'illumina.

– Le 15 juillet ! C'est génial ! La ville va fêter ses dix ans de République Libre, Rémy en a parlé l'autre soir à table. Les rues seront noires de monde, idéal pour passer inaperçus.

– À condition que l'on parvienne à sortir du tunnel, précisa Loween. Est-ce qu'on en parle aux autres ?

Jason marqua un temps d'hésitation qui n'avait, cette fois, rien d'un effet de style.

– Je ne sais pas trop si Kevin, Romain et Ketty accepteront de nous suivre, ils font de leur mieux pour s'attirer les sympathies du public. En ce qui concerne Amina et Alicia, faut voir...

Allan se dirigea vers la porte.

– Il paraît que la nuit porte conseil. On en reparlera demain.

Loween lui emboîta le pas.

– Bonne nuit Jason, fit-elle, on en reparlera demain, mais tu sembles avoir perdu de vue un élément primordial.

– Lequel ? s'inquiéta Jason.

– D'ici le 15 juillet, deux autres candidats auront été exécutés.

Jason resta sans voix tandis que Loween s'éloignait dans le couloir. Il demeura seul avec Lolita qui serrait son ourson manchot contre elle.

– Et toi, qu'est-ce que tu en penses ?

– J'espère qu'aucun d'entre nous ne fera partie des prochains nominés, murmura Lolita en quittant la chambre à son tour.

II

Samedi 4 juillet 2057, 23 h 17.
Île Pomègues.

Alicia arrêta de courir et reprit son souffle. Elle pensait très fort à sa mère. Elle pouvait imaginer son visage, le caresser. Elle se revit plus jeune lorsque sa mère lui démêlait ses longs cheveux. Jamais elle n'avait été aussi heureuse. Sans s'en rendre compte, elle murmura :

– Moi aussi je t'aime fort, maman.

Puis elle repartit. Il était hors de question qu'ils la rattrapent. Pas maintenant. Dans trois quarts d'heure l'émission prendrait fin et elle serait sauvée. Même pas nominable la semaine suivante. Elle se souvint de la terreur qui l'avait envahie la veille, lorsque Mélanie avait prononcé son nom. La mort n'était plus une perspective lointaine, elle sentait son souffle froid courir le long de sa nuque.

D'après elle, ils n'étaient plus que trois killers à sa poursuite. Le premier killer avait été mis hors jeu, se foulant une cheville dans les vingt premières minutes de la traque. Le deuxième killer, victime de son poids, n'avait pu suivre le rythme imposé par la jeune fille et avait déclaré forfait. Il était retourné à l'embarcadère où il attendait sagement la fin de l'émission.

Mais les trois killers restants ne paraissaient pas vouloir lâcher prise aussi facilement. Ils s'entêtaient, motivés par la prime de quinze mille énergie-euros. Ils avaient failli la coincer une dizaine de minutes plus tôt le long de la digue de Berry, mais Alicia était rapide et elle avait réussi à fuir. Ils la rabattaient vers cap Caveau. Elle l'atteindrait d'ici une trentaine de minutes. Ensuite, il faudrait qu'elle leur échappe durant une dizaine de minutes encore. C'était jouable. Elle en était persuadée.

Soudain, des voix s'élevèrent dans la nuit. Des voix qui se répondaient comme un écho.

– Ça ne sert à rien de courir, ma belle !

– Tu ne peux plus nous échapper !

– On va venir te chercher !

– On est là !

– On arrive...

Un frisson lui glaça le bas du dos. Elle se souvint d'une histoire que lui racontait sa mère lorsqu'elle n'était encore qu'une enfant, l'histoire de la chèvre de M. Seguin. Elle voulait voir le monde malgré les avertissements de son maître et elle avait affronté le loup toute la nuit dans la montagne, ne s'avouant vaincue qu'à la première lueur du jour.

Alicia était la chèvre et les trois loups aux yeux de braise gagnaient du terrain. Elle accéléra la cadence, arriva au bord de la falaise.

En bas la mer se fracassait contre les rochers, produisant un bruit assourdissant qui allait certainement couvrir l'approche des killers. Elle appuya sur le bouton de sa montre à impulsions et les chiffres clignotèrent dans le noir. 23:42. Son estimation avait été correcte, seulement dix-huit minutes avant la fin de l'émission, mais le champ de fuite se réduisait considérablement.

Un facteur pouvait encore jouer en sa faveur, les killers allaient se séparer pour tenter d'empocher la prime. À un contre un, elle avait une chance de leur échapper. Faible certes, mais bien réelle, et Alicia était décidée à la jouer à fond.

Elle longeait la falaise quand il lui sembla entendre un bruit à une dizaine de mètres. Elle stoppa sa progression. Retenant sa respiration, elle scruta l'obscurité, sentant une peur panique s'immiscer lentement en elle.

Elle se mordit les lèvres pour ne pas hurler. Le vent violent qui soufflait à la pointe de l'île la faisait tituber et elle avait bien du mal à garder son équilibre. Elle tremblait de tous ses membres, une goutte de sang coula le long de son menton.

Elle décida de reprendre sa marche silencieuse. Elle n'avait pas fait trois mètres qu'un mouvement sur sa droite la stoppa net. Elle s'accroupit afin d'éviter de constituer une cible idéale.

Et tout à coup elle les vit.

Les six points rouges des lunettes à vision nocturne brillaient en face d'elle, lui coupant tout espoir de retraite.

Elle parvint à articuler :

– Vous ne vous êtes pas séparés ? Vous êtes restés ensemble ?

À nouveau les voix se répondirent en écho :

– Surprise !

– On a conclu un accord.

– Cinq mille énergie-euros chacun, c'est déjà pas mal.

– Mieux que si on te laisse filer après minuit !

Alicia se redressa, elle ne tremblait plus. Elle pensait à sa mère qu'elle ne reverrait pas, elle se rappelait ce flic pourri qui avait abusé d'elle, la menaçant pour que sa mère se taise.

Elle se souvenait du jour où elle l'avait abattu pour la venger.

Alicia cracha en direction des ombres :

– Allez tous vous faire...

Trois claquements secs retentirent et Alicia ne put terminer sa phrase. Sous la violence des décharges magnétiques d'amplitude deux, son corps fut propulsé en arrière. Ses mains battirent l'air et la jeune fille bascula dans le vide.

Aussitôt, il y eut un fondu enchaîné et Mélanie apparut à l'écran tandis que les paroles de la chanson défilaient en incrustation.

Neuf jeunes délinquants espéraient toujours
gagner leur liberté
Alicia fut la deuxième à être nominée
De trois impulsions dans le corps elle fut éliminée
Et il ne resta plus que huit petits rescapés !

Vous pouvez dès à présent télécharger
le deuxième couplet sur votre disque matrice
en vous connectant via la prise intramodem
de votre plasma-écran.

Prix de la connexion : 2 énergie-euros/minute.

La caméra numéro sept réalisa un magnifique gros plan sur Mélanie qui souriait de toutes ses dents.

– Quel suspense nous avons vécu pour notre deuxième prime time de traque ! Il s'en est fallu de cinq petites minutes pour que notre candidate arrive vivante au bout de l'émission. Mais encore une fois, les killers ont été les plus forts !

L'animatrice s'approcha du public présent sur le plateau, suivie dans un long travelling par la caméra neuf.

La caméra six prit le relais, filmant la présentatrice en plan large.

– Comment nos concurrents vont-ils se comporter au cours de la troisième semaine ? Et qui sera le prochain nominé ? Réussira-t-il à survivre ? Pour le savoir, restez fidèles à *La Traque* et à Réal-TV Europa 29. On se retrouve dès lundi prochain. En attendant je vous souhaite à tous une agréable nuit...

Et elle agita sa main droite tandis que la caméra neuf se déplaçait pour un dernier plan d'ensemble du public en liesse.

12

Jeudi 9 juillet 2057,
troisième semaine de jeu.

Allan soutenait le regard de l'enseignante sans ciller.

– Allan, pour la dernière fois je vous demande de vous excuser !

Il se leva lentement. Il la dominait de deux bonnes têtes.

– Aucune chance. Par contre je vais me répéter, au cas où vous n'auriez pas tout capté. Je vous chie dessus. Sur vous et sur vos cours de merde !

Marianne se souvint des avertissements de la psychologue et elle se dit qu'elle était sans doute dans le vrai. Les adolescents n'allaient peut-être pas se comporter en moutons dociles, ils ne se laisseraient pas conduire à l'abattoir sans réagir. Elle appuya d'un doigt tremblant sur le bouton de l'interphone.

– Oui ?

– Fabricio, tu viens ! On a un problème en salle de cours !

– J'arrive...

Allan ne put s'empêcher de ricaner.

– Tiens donc, on a abandonné le vouvoiement de circonstance pour un tutoiement plus intime ? C'est votre mari qui va être content…

Le corps entier de l'enseignante fut parcouru de soubresauts nerveux.

– Allan, vous dépassez les bornes, articula-t-elle.

L'adolescent explosa.

– Mais c'est vous qui les dépassez ! Vous qui nous enfermez, vous qui nous filmez nuit et jour, vous qui nous traitez comme du bétail, vous enfin qui nous envoyez à l'abattoir ! C'est vous qui êtes indécente, madame Jossan. Vous, pas moi !

À cet instant précis, l'éducateur déboula dans la classe.

– Alors Mister Kung-Fu, on pique sa crise ?

Allan tendit un doigt menaçant en direction de Fabricio.

– Toi, tu m'appelles encore une fois comme ça et je t'arrache la tête !

– Du calme, conseilla l'éducateur, n'oublie pas que des millions de spectateurs risquent de ne pas apprécier ton attitude…

– J'en ai rien à faire, ils n'ont qu'à pas voter pour moi s'ils ne m'aiment pas !

Allan quitta les lieux, le bousculant au passage. Il claqua la porte si fort que le chambranle vibra durant une longue minute et qu'une caméra se décrocha de son support.

Un silence de mort s'installa, Mme Jossan gardait les yeux fixés dans le vide sans bien réaliser ce qui s'était produit. Ce fut Fabricio qui prit l'initiative d'abréger les cours pour la matinée.

– OK, je crois qu'on a tous besoin de faire une pause. Vaquez à vos occupations jusqu'à ce qu'on vous rappelle. Ceux qui le désirent peuvent se rendre au confessionnal ou donner un coup de main à Rémy…

Jason n'attendit pas la fin de la phrase, il sortit le premier et rejoignit Allan qui s'éloignait au fond du couloir. Il le rattrapa dans l'escalier, là où ils pourraient parler en toute discrétion, l'endroit n'étant pas équipé de caméras.

– Mais qu'est-ce que tu fabriques, tu as envie d'être nominé ou quoi ? Tu as passé la semaine à provoquer tout le monde.

Allan était au bord des larmes. Sa lèvre supérieure tremblait.

– J'en ai marre de tout ce cirque !

– Tu n'as plus que quelques jours à patienter ! Fais-toi oublier…

Des éclats de voix se rapprochèrent, le reste des candidats quittait la salle où la réaction d'Allan avait été diversement appréciée. Amina croisa les deux garçons dans l'escalier, au passage elle posa sa main sur l'épaule d'Allan. Tout près d'elle se trouvait Ketty qui se contentait d'observer la scène sans prononcer le moindre mot.

– Je te remercie, mec, susurra-t-elle, logiquement c'était moi la prochaine sur la liste, mais grâce à ton pétage de plombs tu as sans doute remonté ma cote auprès des bookmakers.

Elle fit une pause, observant la réaction d'Allan, puis poursuivit :

– Eh oui, c'est comme ça, mec. Tu viens peut-être de sauver la peau de la « p'tit négresse » cette semaine !

Amina termina sa phrase en imitant l'accent africain. C'était son jeu favori. Elle s'éloigna en agitant ses tresses dans tous les sens. Ketty la suivit, s'obstinant dans son mutisme.

– Il est trop tard pour rectifier le tir, murmura Allan, le mal est fait.

– Tu ne vas pas baisser les bras, l'implora Jason, pas toi ! Je...

Soudain il se tut, Amaurie Modinore venait d'apparaître au bas des escaliers.

– Allan, pouvez-vous m'accorder cinq minutes ?

Allan adressa un clin d'œil à Jason et soupira :

– Désolé camarade, mais le devoir m'appelle.

La psychologue remonta ses lunettes cerclées de la pointe de son index.

– Suivez-moi jusqu'à la salle de la parole libérée, dit-elle, nous devons évoquer votre comportement.

Dimitri Sastinov connecta la ligne directe avec la salle de montage de Réal-TV Europa 29. Ce fut Arthus Gappa qui décrocha.

– Oui ?

– Sastinov à l'appareil.

– Bonjour monsieur Sastinov, que puis-je pour vous ?

– Comment vous dire Arthus... Je viens d'avoir une légère contrariété. La jeune Amina a évoqué il y a cinq minutes à peine des paris concernant l'émission. Il y aurait, semble-t-il, une cote officieuse sur les possibilités de survie des concurrents. Des bookmakers, que sais-je encore...

Arthus parut surpris.

– Des paris ? C'est la première fois que j'en entends parler.

– Faites une enquête, je vous prie. Je veux un rapport sur mon bureau d'ici ce soir. Logiquement nous devrions toucher notre pourcentage sur ce genre d'activité...

– Bien monsieur, répondit Arthus en se demandant d'où Amina détenait une telle information, puisque aucun des concurrents n'avait la possibilité de communiquer avec l'extérieur.

Il y eut un déclic à l'autre bout de la ligne et Arthus raccrocha. Un détail clochait, mais lequel ?

Il rejoignit la monteuse en chef qui préparait des séquences pour l'émission du soir.

– Pouvez-vous me montrer ce qu'il s'est passé il y a cinq minutes au château ?

– Vous pensez à un candidat en particulier ?

– On va chercher du côté d'Amina, proposa Arthus.

La technicienne envoya les pistes numériques enregistrées et bientôt Amina apparut à l'écran. Elle laissa couler l'image tout en commentant :

– La voilà qui quitte la classe en compagnie de cette bêcheuse de Ketty, c'est juste après l'esclandre d'Allan. Elles semblent se disputer...

– On a du mal à comprendre ce qu'elles se racontent, dit Arthus d'un ton agacé.

La monteuse procéda à quelques réglages et les paroles devinrent plus perceptibles.

– C'est bien cela, commenta la jeune femme, elles ne sont pas d'accord sur l'attitude de Mister Kung-Fu. Maintenant elles atteignent la cage d'escalier. On va les perdre, il n'y a ni caméras ni micros dans cette partie du château.

La monteuse passa directement sur la caméra soixante-sept qui balayait la pièce du bas. Ils durent patienter une trentaine de secondes avant de voir apparaître à nouveau les deux filles à l'image.

– Elles se séparent sans dire un mot et…

Elle bascula sur la caméra soixante-douze.

– … Amina retourne dans sa chambre.

Arthus Gappa était pensif. Il venait de comprendre l'origine de son malaise.

– Vous cherchiez quoi exactement ? demanda la monteuse.

– Rien de particulier, c'était juste une intuition. Merci.

Arthus la remercia d'une tape amicale dans le dos.

Et il gagna lentement son bureau, se demandant par quel miracle le président de Réal-TV Europa 29 entendait des propos qui échappaient aux micros les plus sensibles.

13

Samedi 11 juillet 2057, 22h47.
Île Ratonneau.

Allan s'adossa contre la roche calcaire. Il appuya son pouce contre son poignet droit et fut aussitôt rassuré. Pas le moindre signe d'affolement pour l'instant, son pouls battait normalement.

L'émission de la veille lui revint en mémoire, lorsque l'animatrice de l'émission avait annoncé le résultat des votes des téléspectateurs et qu'il avait été désigné avec seulement une centaine de voix de moins que Kevin. L'espace d'un instant, son regard avait croisé celui d'Amina. Il ne savait toujours pas ce qu'il y avait lu à ce moment-là. Elle demeurait une énigme pour lui.

Allan consulta sa montre, il restait encore plus d'une heure de jeu et, malgré sa vitalité, les killers se rapprochaient lentement, tissant inexorablement leur toile autour de leur proie. Les araignées noires aux yeux rouges attendaient le moment idéal pour frapper.

Allan les trouvait étonnamment calmes depuis le début de la traque. Trop calmes.

Avaient-ils reçu des consignes des responsables de la chaîne pour faire durer le suspense et garder le plus longtemps possible les spectateurs scotchés devant leur plasma-écran ? Au moins jusqu'au prochain tunnel de publicité...

Allan décida soudain que le jeu avait assez duré. Il les avait attirés exactement là où il voulait qu'ils soient. Le moment de passer à l'attaque était venu.

Depuis que l'hélicoptère l'avait déposé sur l'île Ratonneau, Allan avait eu tout loisir de l'explorer et d'en repérer les endroits stratégiques. Juste avant qu'il n'embarque, Loween lui avait discrètement remis le collant noir qu'elle avait réussi à voler dans la chambre de Ketty. Les policiers qui assuraient l'escorte avaient négligé de le fouiller sérieusement.

Allan possédait aussi un couteau que Loween avait dérobé deux jours plus tôt dans la cuisine de Rémy. Cela lui donnait un net avantage sur les « télé-tueurs » comme les appelait Jason.

Deux killers progressaient le long du chemin de pierre.

– Où est-il passé, nom d'un chien ? demanda le premier, il s'est littéralement volatilisé !

– Peut-être a-t-il plongé pour tenter de regagner la côte à la nage ? proposa le second.

– Impossible ! Il y a tellement de méduses radioactives dans le coin qu'il ne ferait pas dix mètres avant de se dissoudre comme un vulgaire cachet d'aspirine.

– Et s'il avait décidé de se suicider ? Histoire qu'aucun d'entre nous n'empoche la prime. Perdu pour perdu…

Le killer de tête stoppa soudain sa progression.

– C'est possible. Il n'a pas arrêté de provoquer les adultes au cours de la semaine, comme s'il avait voulu forcer les spectateurs à ne pas voter pour lui. Il en avait peut-être assez de vivre…

L'homme activa le micro-récepteur dont était équipé le casque de chacun des killers.

– Appel à tous les poursuivants. Ici numéro un, avez-vous repéré le fugitif ?

Il y eut un bref moment de silence, puis des voix crépitèrent dans la nuit.

– Ici numéro trois, négatif en ce qui me concerne.

– Numéro quatre. La cible n'est toujours pas en vue.

– Même chose pour moi, ce n'est pas normal, il devrait être dans notre champ de vision. Il y a quelque chose qui cloche, commenta enfin le killer numéro cinq en abaissant son arme.

Ce fut l'instant que choisit Allan pour passer à l'attaque.

Il se tenait tapi dans le noir à moins de trois mètres des killers. Il avait suivi leur avancée, se rapprochant sans cesse d'eux, les frôlant presque, sans qu'à aucun moment les deux hommes soupçonnent sa présence. Il bondit sur le killer le plus proche et d'un geste précis lui planta sa lame dans le cou.

Le second killer eut tout juste le temps d'apercevoir une ombre fondre sur lui que déjà un coup de pied l'atteignait en pleine figure, le projetant violemment au sol.

L'homme sentit des gouttes de sang couler le long de ses joues. Ses lunettes de visée, qui avaient explosé sous la force de l'impact, lui avaient lacéré le visage. Malgré la douleur, il se mit immédiatement à rechercher l'arme qui lui avait échappé des mains, progressant à quatre pattes et tâtonnant au hasard du sentier.

La voix de l'adolescent s'éleva dans la nuit.

– C'est sans doute ça que tu cherches ?

Le killer se redressa lentement et se retrouva face à Allan qui pointait l'arme dans sa direction. Il l'implora, joignant ses deux mains :

– Pitié, ne me tue pas ! J'ai un enfant qui a ton âge.

« Raison de plus », pensa Allan en fixant le killer.

Puis, sans prévenir, il abaissa le canon à hauteur de son genou droit et pressa la détente. La déflagration d'amplitude quatre retentit telle une queue de tonnerre dans le silence de la nuit. Le killer, telle une marionnette dont on aurait coupé les fils, s'abattit au sol, se tordant de douleur.

– Espèce de salaud ! Tu m'as bousillé le genou !

– Comme ça je suis certain que tu ne m'oublieras jamais, lâcha Allan avant de s'éloigner.

Le killer se mordit les lèvres jusqu'au sang pour ne pas hurler. La douleur s'amplifiait, paralysant peu à peu sa jambe entière. Soudain, une voix résonna à l'intérieur de son casque.

– Ici numéro trois, j'ai entendu une détonation. Vous l'avez eu ?

Le killer parvint à répondre péniblement :

– Ici numéro deux, c'est lui qui m'a eu... Ce bâtard m'a détruit le genou !

– Et quelle est la position de numéro un ?

– Une seconde...

Pivotant sur lui-même, le killer éclaira son compagnon allongé à quelques mètres. Le sang sortait à gros bouillons de la carotide sectionnée, mais le corps du killer n'était agité par aucun soubresaut. Il demeurait parfaitement immobile.

– Numéro un est out ! lâcha le killer en fermant les yeux.

Des millions de téléspectateurs médusés assistaient en direct à la scène.

– Où se trouve Allan ? demanda le killer numéro quatre.

Numéro deux sentait ses forces l'abandonner, il était sur le point de s'évanouir. Il se concentra pour répondre.

– Il se dirige vers vous, et il a mon flingue avec lui !

Aussitôt, on entendit un appel désespéré.

– Killers en danger ! Venez nous chercher avant que ce fou furieux ne fasse un carton. Grouillez-vous !

L'instant d'après, l'image bascula sur le direct en plateau tandis que débutait la chanson.

Huit ados délinquants espéraient encore
gagner leur liberté
Allan fut le troisième à être nominé
De [moyen d'élimination à préciser] il fut éliminé
Et il ne resta plus que sept petits rescapés!

Vous pouvez dès à présent télécharger
le troisième couplet sur votre disque matrice
en vous connectant via la prise intramodem
de votre plasma-écran.

Prix de la connexion : 2 énergie-euros/minute.

Sur le plateau, c'était la stupeur générale. Mélanie ne parvenait pas à articuler la moindre parole et le blanc à l'antenne s'éternisait. Au huitième étage où l'équipe dirigeante s'était rassemblée pour regarder l'émission, tout le monde était pétrifié.

Dimitri Sastinov abattit son poing sur le bureau d'ébène.

– Quel est l'abruti qui a envoyé le générique ? Appelez la régie immédiatement !

– C'est inutile, il n'y a pas de manipulation humaine sur cette partie du programme, intervint Arthus. C'est un ordinateur qui gère la séquence…

– Le générique démarre automatiquement dès que l'émission revient en plateau, précisa Harmance Gustin.

– Quelqu'un peut-il au moins suggérer à Mélanie de combler le vide ? hurla Sastinov. Qu'elle raconte n'importe quoi, mais qu'elle agisse, vite !

D'un revers de la main, il fit voler un cendrier de verre contre le mur. Le cendrier éclata en mille morceaux. Sastinov cracha un dernier ordre avant de quitter la pièce.

– Et envoyez cette foutue pub !

14

Dimanche 12 juillet 2057, 21 heures,
siège de Réal-TV Europa 29.
Réunion extraordinaire des cadres de l'émission.
Y assistent également un membre
de la police d'État et un avocat de la chaîne.

Dimitri Sastinov acheva de résumer les faits survenus la veille.

– ... et l'équipe de secours a retrouvé trois killers sur le ponton de l'embarcadère, complètement terrorisés...

– Les idiots, le coupa Andros, ils n'avaient même pas envisagé que le jeu pourrait se retourner contre eux ?

Sastinov le foudroya du regard et le responsable des produits dérivés n'insista pas. Il réalisait qu'ils avaient, eux aussi, ignoré totalement ce cas de figure.

– Avant d'intervenir sur l'île, reprit le directeur de Réal-TV Europa 29, les policiers ont préféré attendre minuit, heure légale de la fin de la traque.

– Ils l'ont retrouvé ? s'inquiéta Harmance Gustin.

– Allan s'est rendu sans opposer la moindre résistance. Il a été transféré à la prison centrale de la République Libre de Marseille.

– Et les deux autres killers ? questionna à son tour Dorimon Vargas.

Dimitri soupira.

– Le killer numéro deux boitera toute sa vie, Allan lui a détruit le genou, quant au numéro un il était mort lorsque nos hommes l'ont trouvé. Il avait un fils de cinq ans et laisse derrière lui une veuve éplorée...

– ... qui ne manquera pas de nous attaquer pour réclamer des dommages et intérêts, intervint l'avocat.

– Nous paierons ce qu'il faut et très vite ! répliqua sèchement Sastinov. Il y va de l'image de marque de la chaîne. Nous saurons nous montrer grands seigneurs, il est hors de question que nous abandonnions cette famille dans la détresse !

– Est-ce que l'émission... continue ? osa demander Mélanie.

Arthus Gappa gardait le silence. Curieusement, il constatait que la table ronde ne ressemblait en rien à la curée promise par le patron en cas d'échec, les membres de l'équipe ne semblaient pas se liguer contre lui. Donc ce qui était arrivé la veille n'était peut-être pas considéré comme une catastrophe. Et l'espoir demeurait que le jeu se poursuive.

– Ce serait dommage d'arrêter maintenant, hasarda Ornélia Nundy. On fait la une de tous les quotidiens grâce à l'assassinat du killer par notre concurrent.

Sastinov se tourna vers l'avocat.

– Qu'en pensez-vous ?

L'homme de loi prit son temps avant de répondre.

– Deux éléments peuvent jouer en notre faveur…

Il marqua une légère pause pour ménager son effet. C'était l'une des premières techniques que l'on enseignait aux jeunes recrues de l'euro-faculté de droit.

– Premièrement, le meurtre du killer par votre candidat peut être envisagé comme un acte de légitime défense. *(L'article 17.G.9 de la loi dite de Tourneur stipule qu'un euro-citoyen ne pourra être inquiété s'il a commis un crime de sang dans l'unique but de préserver sa propre vie qui était de fait menacée par la personne décédée.)* Ce qui tout naturellement éviterait à Allan d'être jugé à nouveau et retenu en prison.

Sastinov se frotta machinalement les mains. L'affaire prenait tournure.

– Deuxièmement, poursuivit l'avocat, le crime a eu lieu dans la juridiction de la République Libre de Marseille où, comme vous le savez, ne s'appliquent pas les mêmes lois que celles en vigueur dans l'État-Maître.

Il s'interrompit et questionna l'officier de police du regard.

– Vous avez raison, confirma ce dernier, il ne devrait pas y avoir trop de problèmes.

Le policier vida d'un trait le verre d'eau posé devant lui avant de reprendre :

– Nous avons par contre un petit souci du côté des manifestations…

À ce mot, Arthus Gappa sursauta.

– Des manifestations, quelles manifestations ? demanda-t-il, inquiet.

Le policier se tourna, dubitatif, vers Sastinov.

– Il n'est pas au courant, confirma celui-ci, expliquez-lui.

– Depuis le début de l'émission, de nombreux opposants se rassemblent régulièrement dans les rues. Ce qui est arrivé hier soir va amplifier le mouvement contestataire.

– Pourquoi n'en ai-je rien su ? protesta Arthus qui avait pâli.

– Les médias ont été muselés, expliqua sèchement Ornélia Nundy.

– Et nous avons arrêté les leaders du mouvement sous le prétexte de trouble à l'ordre public, ajouta le policier. Suite à ces arrestations, le mouvement s'est quelque peu essoufflé.

Arthus remarqua qu'Andros et Harmance semblaient aussi abasourdis que lui.

– Comprenez-moi, cher ami, lui dit Sastinov, je ne voulais pas qu'une poignée d'agités remette en cause notre entreprise. Il vous fallait continuer à travailler en toute sérénité...

Arthus Gappa ne répondit pas, il songeait juste au nombre de zéros que Dimitri Sastinov avait dû aligner sur le chèque qu'il avait remis au ministère de l'Euro-Police pour s'attacher ainsi sa totale collaboration.

– Alors que fait-on ? insista Mélanie. L'émission continue, oui ou non ?

– Bien sûr qu'elle continue, annonça Sastinov en se redressant soudainement. Je peux même vous assurer qu'après l'exploit d'Allan, nous allons battre tous les records d'audience !

– Ouf, je suis rassurée, susurra la blonde animatrice.

Sastinov passa son bras droit par-dessus l'épaule du fonctionnaire de police.

– Faites ramener Allan au plus vite au château d'If !

Le policier approuva d'un signe de la tête.

– Je vous engage à profiter de cette journée de repos, clama Sastinov. Je veux que dès demain tout le monde soit de nouveau sur le pont et en pleine forme.

– Les Américains préfèrent dire : The show must go on ! gloussa la présentatrice.

– Tu parles d'un show, murmura Andros, c'est un véritable massacre...

Personne ne fit cas de la remarque du responsable des produits dérivés.

Dimitri Sastinov s'apprêtait à quitter la pièce, suivi de près par l'avocat et le policier, lorsqu'il se ravisa. Il fit demi-tour et se rapprocha d'Arthus Gappa qui n'avait pas quitté son siège.

– À propos cher ami, j'attends toujours votre rapport...

Mais Arthus ne l'écoutait pas. Ses yeux fixaient le vide.

15

Dimanche 12 juillet 2057 en fin de soirée,
siège de Réal-TV Europa 29.

Une ombre se faufila dans le hall d'entrée désert de la société. Arrivée devant l'ascenseur central, elle hésita un moment puis emprunta les escaliers. Il y avait des caméras de contrôle dans tous les ascenseurs et sa visite nocturne exigeait de la discrétion. Autant ne pas éveiller les soupçons d'un membre du service de sécurité plus zélé que les autres.

L'ombre gravit les étages lentement. Malgré tout, elle parvint au huitième complètement essoufflée.

« Je suis à bout, se dit-elle. Quand cette histoire sera terminée je pars le plus loin possible de cette crasse. »

L'ombre dépassa la salle de réunion où elle se tenait encore quelques heures plus tôt et poursuivit son chemin jusqu'à une autre salle.

Elle y pénétra sans frapper. Un homme se trouvait déjà à l'intérieur.

Aucune formule de politesse ne fut échangée, l'ombre commença à parler juste après avoir refermé la porte.

– Ça commence à chauffer sérieusement ! Qu'est-ce qu'on fait ?

L'homme alluma tranquillement un cigare. L'espace d'un instant, la flamme vacillante du briquet illumina son visage.

– Pas d'affolement cher ami, je contrôle parfaitement la situation...

– Je sais ! Ce que je veux dire, c'est que le ministère de l'Euro-Justice va peut-être jeter un œil plus inquisiteur dans nos affaires. Je risque gros si quelqu'un découvre la supercherie !

– N'ayez crainte, le secret est bien gardé. On continue de suivre le plan initial.

L'ombre ne paraissait pas pleinement rassurée pour autant. Le fumeur de havane ajouta :

– Et il y aura même un bonus pour vous à la fin de cette histoire...

Il y eut ensuite un silence durant lequel il recracha la fumée avant de conclure :

– ... si tout se passe comme prévu, bien entendu !

16

Mercredi 15 juillet 2057,
château d'If. 23 heures.

Romain dormait depuis plus d'une heure lorsqu'une main le saisit par l'épaule et le secoua vigoureusement. Il était en train de rêver et crut un instant que cette main intruse appartenait à son rêve. Il se voyait dernier concurrent en vie au château et, à tour de rôle, chacun des adultes venait le féliciter pour son intelligence et sa volonté de se surpasser.

– Merci, merci, murmura-t-il, mais je n'ai fait que ce qu'on attendait de moi.

– Qu'est-ce qu'il raconte cet abruti ? s'étonna Amina.

– Ma parole, il délire, rigola Lolita.

Allan accentua sa pression.

– Allez réveille-toi ! On a perdu assez de temps.

Romain ouvrit les yeux et découvrit le reste des candidats regroupés autour de son lit.

– Qu'est-ce que vous me voulez ? Si vous avez décidé de m'assassiner parce que je suis le meilleur en classe, n'oubliez pas que nous sommes filmés en permanence, dit-il en désignant la caméra dans l'angle de sa chambre.

Jason se pencha au-dessus de lui en souriant.

– Nous ne sommes pas filmés en ce moment, mon vieux...

Et il se fit un devoir de tout lui expliquer.

Cinq minutes plus tard, Romain se pinçait pour être certain qu'il ne rêvait plus.

– Si je comprends bien, articula-t-il lentement, tu as découvert l'existence d'un tunnel ?

– Exact, répondit Jason. À l'époque où le château a été construit, les passages secrets étaient courants, les gars étaient plutôt paranos si tu vois ce que je veux dire, et j'ai pensé qu'il n'y avait pas de raison pour que ce château échappe à la règle. Je me suis tapé la moitié des vieux manuscrits de la bibliothèque avant de tomber sur le bon.

– J'aurais dû m'en douter, ce n'était pas normal que tu lises autant, soupira Romain.

Amina intervint à son tour.

– Le même jour, le cuisinier a confirmé involontairement l'existence du tunnel.

– Et vous êtes en possession de la clé qui ouvre la porte ? demanda Romain en voyant Loween agiter un petit objet métallique devant son nez.

– Ça a été un jeu d'enfant, personne ne s'est rendu compte de rien !

Romain cherchait toujours la faille à ce plan qui semblait trop parfait.

– Et pour les caméras ? Ils vont vite s'apercevoir de notre absence.

Jason reprit la parole.

– Durant la semaine, Lolita a repéré les endroits où sont placés les disjoncteurs. Il suffira de les déconnecter momentanément au fur et à mesure de nos déplacements. Le régisseur de surveillance pensera à des microcoupures comme il s'en produit quelquefois.

– Et les quatre adultes, vous y avez pensé ? insista Romain.

– Eux c'est encore plus simple, le coupa Allan. À l'heure qu'il est, ils sont au sommet de la tour en train de contempler le feu d'artifice.

À cet instant, Romain perçut les coups de tonnerre et les éclairs qui zébraient la nuit d'éclats multicolores, et soudain il comprit.

– Le feu d'artifice, mais c'est génial ! s'exclama-t-il, Marseille fête son dixième anniversaire de République Libre !

Romain se tourna brusquement vers Kevin et Ketty.

– Vous êtes d'accord pour les suivre ?

– Ça m'a l'air d'un plan qui tient la route, répondit Kevin.

– On n'a pas le choix, murmura Ketty, celui qui restera sur l'île d'If mourra très certainement.

Romain s'extirpa de son lit en ajustant ses lunettes.

– Qu'est-ce qu'on attend pour filer d'ici alors ? dit-il sur un ton moqueur.

Jason sourit.

– On n'attendait plus que toi.

17

Jeudi 16 juillet 2057. 1 heure.
Appartement d'Arthus Gappa.

Le jeune concepteur du jeu ne parvenait pas à trouver le sommeil.

Pourtant, la semaine avait magnifiquement débuté. Allan, de retour, avait été accueilli en véritable héros par les autres candidats. Du coup, l'atmosphère s'était détendue et les adultes s'en réjouissaient. Tout fonctionnait comme si la mort du killer avait remis les compteurs à zéro. « Balle au centre », aurait dit le père d'Arthus qui était un fan de l'Euro-Ligue de football.

Sastinov l'avait prévu, l'émission battait désormais tous les records d'audience. Les appels surfacturés se comptaient par millions et le nombre de personnes se proposant pour tenir le rôle de killer était en constante augmentation. Mardi, pour la première fois, une femme avait vu sa demande retenue.

Alors pourquoi n'arrivait-il pas à dormir ?

Quelque chose clochait dans le jeu qu'il avait lui-même conçu et Arthus ne parvenait pas à mettre le doigt dessus.

Soudain, la sonnerie du visiophone le fit sursauter. Qui pouvait l'appeler à une heure aussi tardive ? Il hésita à décrocher, puis se dit que c'était sans doute important.

– Je ne vous réveille pas ?

Arthus reconnut le réalisateur sur le mini-écran de son appareil. Il paraissait bien pâle.

– Non, je ne dormais pas. Que voulez-vous ?

– Monsieur, nous avons un gros problème !

– Que se passe-t-il encore ? demanda Arthus d'une voix lasse.

– Ils ont disparu ! Ils ont tous disparu ! s'écria le réalisateur.

Arthus sentit le sol se dérober sous ses pieds.

– Calmez-vous et expliquez-moi clairement la situation.

– Ils ne sont plus là ! Les candidats se sont envolés ! C'est Fabricio qui s'en est rendu compte. Il avait décidé de faire un dernier tour des chambres avant d'aller se coucher...

Arthus n'en croyait pas ses oreilles.

– Et sur les moniteurs de contrôle, vous ne vous êtes aperçu de rien ?

Le réalisateur toussota légèrement.

– Il y a eu des microcoupures dans la soirée, comme ça arrive parfois. Et puis tout est rentré dans l'ordre. Je n'ai pas voulu vous déranger pour si peu...

– Est-ce que Fabricio a tout inspecté ? questionna Arthus qui se sentait gagné par une angoisse monstrueuse.

– Les adultes ont entièrement fouillé le château et le reste de l'île ! Ils n'ont trouvé personne. C'est une véritable énigme.

Arthus cherchait une réponse à ce mystère lorsque le signal de double appel clignota.

– Patientez un instant, on cherche à me joindre.

– D'accord, je reste en ligne.

Arthus appuya sur le commutateur de l'appareil. Il reconnut immédiatement Dimitri Sastinov.

– Arthus, vous étiez en ligne ?

– Euh oui, je parlais à...

Fidèle à son habitude, Sastinov le coupa en plein milieu de sa phrase.

– Écoutez bien ce que je vais vous dire : on est dans la merde ! Les candidats se sont tous taillés !

Arthus faillit s'étrangler. Sastinov était déjà au courant.

– Oui, je sais. Le réalisateur vient de me prévenir.

– Parfait. Je veux que vous contactiez les membres de l'équipe et que vous soyez tous dans mon bureau à trois heures précises, réunion de crise !

Et il raccrocha.

Arthus demeura un instant abasourdi. D'un geste pesant, il bascula à nouveau la communication vers le réalisateur.

– Bon sang ! Qu'est-ce que vous avez foutu ? Je vous avais pourtant demandé de me prévenir le premier s'il se passait quelque chose d'anormal !

– Mais vous êtes la première personne que j'appelle ! s'exclama le réalisateur.

Arthus demeura prostré un long moment dans la pénombre. Une question revenait en boucle dans son esprit. Comment Sastinov s'y prenait-il pour avoir toujours un temps d'avance sur lui ?

18

Jeudi 16 juillet 2057. 2 heures.
Dans les cuisines du château d'If.

– C'est à n'y rien comprendre, déclara Fabricio qui paraissait encore plus abattu que les autres, on a fouillé absolument partout, ils se sont volatilisés !

Marianne Jossan, les yeux rivés sur la table, émit une hypothèse des plus farfelues.

– Peut-être a-t-on affaire à un suicide collectif ? S'ils s'étaient tous jetés à l'eau ?

Elle se tourna vers la psychologue pour solliciter son approbation, mais cette dernière secoua la tête après une courte hésitation.

– Non, ça ne tient pas la route. L'instinct de survie demeure une des données primordiales chez l'être humain. Le fameux « Tant qu'il y a de la vie, il y a de l'espoir ». Il faut chercher dans une autre direction…

– Oui, mais laquelle ? demanda l'enseignante qui était au bord de la crise de nerfs.

Le silence s'installa.

– Vous voulez que je vous prépare quelque chose à manger ? proposa Rémy dans un désir évident de remonter le moral des troupes.

– C'est sympa, répondit Fabricio, je veux bien !

– Moi aussi, dit Marianne en appuyant sa tête sur l'épaule de l'éducateur.

Amaurie Modinore, devinant l'intention du cuisinier, s'agita soudain.

– Excellente idée ! Je vais vous aider. Qu'avez-vous à nous proposer de bon ?

– J'ai plein de produits frais dans mes frigos. On a été livrés...

Tout à coup Rémy s'interrompit.

– Que se passe-t-il ? s'inquiéta Fabricio.

Le cuisinier se frappa le front du plat de la main.

– Je suis trop bête ! Pourquoi n'y ai-je pas pensé plus tôt ?

– Pensé à quoi ? questionna la psychologue.

Sans prendre la peine de lui répondre, le cuisinier se leva et se dirigea vers un rideau situé dans un recoin de la pièce. Il l'ouvrit et s'exclama :

– J'en étais sûr ! La clé a disparu !

– Mais de quelle clé parlez-vous ? s'énerva Amaurie Modinore.

Cette fois-ci, Rémy prit le temps de lui fournir une explication.

– La clé de la porte d'accès au tunnel sous-marin. La production l'a remis à neuf pour y faire transiter du matériel. Question d'économie et aussi de rapidité. C'est par ce chemin qu'ils ont filé, il n'y a aucun doute là-dessus !

Amaurie venait de comprendre.

– Vous voulez dire qu'ils se sont échappés par un tunnel relié au continent ?

– Exact !

– Pourquoi n'étions-nous pas au courant de ce passage ? demanda la prof.

– Chaque chose en son temps, murmura l'éducateur, pour l'instant ce qui importe c'est qu'à l'heure qu'il est nos lascars doivent être loin…

C'est alors qu'un sourire se dessina sur le visage fatigué du cuisinier.

– Pas du tout, ils sont pris au piège.

– Comment ça, pris au piège ? s'étonna Marianne.

Rémy les regarda à tour de rôle d'un œil malin.

– La production a fait installer au bout du tunnel une sécurité qu'ils ne parviendront pas à franchir !

19

Jeudi 16 juillet 2057. 2 h 10.
Tunnel reliant l'île d'If au port de Marseille.

Ils progressaient lentement à travers le tunnel. L'endroit était faiblement éclairé par une veilleuse tous les cinq mètres environ, et le plafond bas les obligeait à courber le dos. L'eau suintait sur les parois et l'atmosphère était étouffante. Romain n'arrêtait pas de parler.

– Savez-vous que c'est sous François Ier que fut construit le château d'If ? À l'origine il était censé protéger les Marseillais des attaques venant de la mer…

– Que quelqu'un le fasse taire, supplia Lolita.

– Mais très rapidement les canons de la forteresse furent tournés vers la cité elle-même. C'était un bon moyen de contrôler une ville connue pour sa soif de liberté vis-à-vis du pouvoir central…

– Si on avait un killer sous la main, il pourrait nous en débarrasser, suggéra Loween.

Cette dernière remarque ne sembla pas atteindre Romain.

– L'endroit est devenu célèbre dans le monde entier parce que sa prison a accueilli un temps le Masque de fer et surtout parce que Alexandre Dumas y a situé le début de son histoire *Le Comte de Mon...*

– La ferme ! le coupa Allan, si on t'a emmené avec nous, ce n'est pas pour que tu nous casses les oreilles.

– Ça fait toujours plaisir de se sentir aimé, soupira Romain, mais je calme mon angoisse comme je peux.

Kevin se tourna vers lui en souriant.

– Toi, angoissé ? Ça m'étonnerait, tu es plus froid qu'un serpent.

– Figure-toi que je n'ai pas l'habitude de crapahuter de nuit dans un passage aussi étroit. En plus, j'ai du mal à respirer !

– Il a raison, confirma Ketty, l'air devient irrespirable.

– C'est parce qu'on s'enfonce de plus en plus, expliqua Jason. Ça ira mieux quand nous commencerons à remonter vers la surface.

– Si nous y arrivons un jour, ajouta Allan.

Ils continuèrent à avancer. En silence cette fois. Après quelques minutes, Jason s'arrêta soudain.

– Il y a un truc bizarre, dit-il en pointant de l'index une lueur verte qui balayait la totalité du goulet d'étranglement une dizaine de mètres plus loin.

– Qu'est-ce que c'est ? demanda Lolita en se pressant contre Jason.

– Aucune idée, répondit Amina, mais ça ne m'empêchera pas de sortir de là.

Et elle se mit en mouvement, prenant la place de Jason en tête du groupe.

Elle s'apprêtait à franchir la ligne verte lorsque la main ferme d'Allan la retint par l'épaule.

– Un instant Black Beauty, dit-il d'une voix qui ne laissait pas de place à la contestation, tu permets que je vérifie un truc…

Il se tourna vers Lolita, toujours serrée contre Jason.

– Lolita Baby, tu me prêtes ton ourson ?

Lolita hésita, mais Jason lui fit comprendre d'un mouvement du menton qu'elle pouvait faire confiance à Allan. Après quelques secondes de réflexion, elle lui tendit son ours.

– OK, Mister Kung-Fu. N'oublie pas de me le rendre.

– C'est promis.

Allan s'empara de la peluche et la dirigea dans la lumière. Aussitôt, il y eut une odeur de brûlé et l'unique bras de l'ours se retrouva au sol.

– Tu vois, dit Allan en tendant la peluche à Lolita, je tiens toujours mes promesses.

– Qu'est-ce que ça signifie ? demanda Amina, abasourdie.

– C'est une barrière d'énergie, expliqua Jason, ça signifie que nous n'irons pas plus loin.

– Comment ça, pas plus loin ? s'inquiéta Ketty.

Jason, gagné par un sentiment d'impuissance, venait de s'appuyer contre la paroi et ne trouva pas la force de lui répondre. Ce fut Allan qui s'en chargea.

– À moins de finir comme l'ours de Lolita, il n'y a aucun moyen de franchir cet obstacle.

Une lassitude extrême s'empara des fuyards. Seul Romain trouva les ressources nécessaires pour râler.

– J'étais certain que c'était une mauvaise idée de vous suivre ! Maintenant, il ne nous reste plus qu'à retourner au château et...

Il suspendit sa phrase un instant, persuadé qu'Allan allait lui sauter à la gorge, mais même ce dernier paraissait anéanti.

– ... on sera la risée de millions de téléspectateurs !

Un silence pesant fit suite à cette déclaration. Jason se sentait perdu. Comment avait-il pu être assez naïf pour croire qu'il y avait une faille dans une telle organisation ? Les personnes qui dirigeaient Réal-TV Europa 29 n'étaient pas du genre à laisser place au hasard. Elles avaient l'habitude de tout contrôler.

– On a été manipulés, laissa-t-il tomber en regardant ses pieds.

– Comment ça, manipulés ? s'inquiéta Ketty.

– C'est sûrement une stratégie pour faire grimper l'audimat. Tu sais, le style « Tentative d'évasion avortée des concurrents ». Romain a raison, on va tous passer pour des vrais cons !

Soudain, la voix de Kevin s'éleva :

– Il y a peut-être un moyen.

Jason releva la tête.

– Qu'est-ce que tu viens de dire ?

– Je dis qu'il y a peut-être un moyen, répéta Kevin en s'accroupissant entre les deux petits rails métalliques fixés au sol.

Allan reprit espoir à son tour.

– Tu te décides à nous expliquer, ou il faut que je t'oblige à parler ?

Kevin semblait ne pas avoir entendu la menace, il s'adressa à Jason.

– Tu disais qu'ils utilisent ce tunnel pour livrer la bouffe au château ?

– Oui, c'est ce que m'a raconté le cuisinier.

– Alors il y a forcément un système qui permet de déconnecter la barrière d'énergie !

– Tu as sans doute raison, sauf que la commande doit se trouver de l'autre côté.

– Donc il faut que l'un d'entre nous se sacrifie, suggéra froidement Kevin.

– Qu'est-ce que tu racontes ? s'affola Ketty. Tu délires ou quoi ?

– Non il a raison, confirma Jason, c'est notre seule chance !

Allan avait du mal à suivre.

– Et si vous nous en disiez plus, histoire qu'on ne finisse pas complètement idiots ?

– Le but de la manœuvre est assez simple, expliqua Kevin, il s'agit pour le volontaire de traverser le rayon d'énergie le plus rapidement possible, puis de trouver et déconnecter le système avant...

– ... de mourir ! acheva Loween.

– Mais qui serait assez fou pour se porter volontaire ? demanda Romain.

Allan s'approcha de lui.

– Et si je prenais notre petit intello et que je le balance à travers le rayon ?

Romain déglutit péniblement.

– Si tu fais ça, je peux t'assurer que je me contenterai de mourir sans esquisser le moindre geste pour couper la barrière.

– Si on tirait à la courte paille ? proposa Lolita.

– Un volontaire désigné par le hasard, de mieux en mieux ! ironisa Romain.

À cet instant, Kevin éclata d'un rire dont l'écho se répercuta contre les parois du tunnel.

– Cessez de vous tourmenter, dit-il enfin, j'ai la solution à votre problème : c'est moi qui vais y aller.

– C'est très courageux de ta part, répondit Jason après un court moment de flottement, sauf que je ne suis pas d'accord pour que ça se fasse de cette manière.

– Mais puisqu'il te dit qu'il est volontaire ! protesta Romain.

Allan se rapprocha de lui les poings fermés et l'élève modèle jugea préférable de ne plus s'exprimer jusqu'à ce qu'on lui demande son avis.

– Je sais ce que vous pensez tous, reprit Kevin, mais ce n'est pas un acte de courage de ma part. Je suis condamné !

– La belle affaire, ricana Loween. On est tous condamnés ici, mon gars...

Mais Kevin la coupa :

– Moi c'est sûr ! J'ai une merde au cerveau, une tumeur inopérable. J'en ai pour deux mois maximum !

Cette fois-ci personne ne trouva rien à répondre et Kevin eut tout loisir de leur raconter son étrange histoire.

Comment quelques mois après son incarcération il avait commencé à ressentir de violents maux de tête. Comment un scanner de contrôle avait révélé la tumeur. Tout le reste n'avait été qu'un concours de circonstances.

Comment la demande de concurrents concernant un jeu télévisuel était parvenue à la centrale et comment le directeur, qui appréciait Kevin, avait pris sur lui d'omettre certains renseignements aux organisateurs, notamment ceux concernant l'état de santé du jeune homme. Comment enfin la production l'avait sélectionné, sans doute sur sa belle gueule, et comment il s'était retrouvé sur l'île.

– Voilà, vous savez tout ! laissa-t-il échapper à bout de souffle.

Ketty comprenait mieux maintenant l'attitude de Kevin. Souvent à l'écart du groupe, il demeurait la plupart du temps allongé dans sa chambre. Elle avait bien tenté de le séduire mais, devant son désintérêt évident, elle n'avait pas insisté.

Lolita s'écarta de Jason et se rapprocha de Kevin. À sa vue, ce dernier sentit sa volonté fléchir et décida que le moment était venu. Il n'y aurait pas d'adieux larmoyants. Sans un mot, il se précipita à travers la barrière d'énergie.

– NON ! hurla Jason.

Allan avait esquissé un geste pour le retenir, mais la vivacité de Kevin l'avait surpris. Sa main n'accrocha que du vide.

Les secondes s'égrenèrent. Des secondes qui leur parurent des heures.

– C'est foutu, murmura enfin Ketty, il n'a pas eu le temps de trouver le système d'arrêt.

– La ferme, s'énerva Amina, tu n'as qu'à y aller puisque tu es si maligne…

Ketty s'apprêtait à lui répondre, lorsqu'il y eut un bruit étrange. La barrière d'énergie s'éteignit comme par enchantement.

– Il a réussi ! s'écria Lolita en sautant de joie.

Soudain son cri s'étouffa et son visage n'exprima plus que la terreur. Cinq mètres plus loin, le corps de Kevin, carbonisé, gisait à terre.

– On y va, annonça froidement Jason.

20

Jeudi 16 juillet 2057. 2h20.
République Libre de Marseille.

Jason sortit du tunnel, jeta un regard alentour puis fit signe aux autres d'avancer.

– Allez, grouillez-vous ! La voie est libre.

– C'est un miracle ! murmura Amina. Il n'y a personne pour surveiller l'entrée.

Allan était juste derrière elle.

– Je préfère dire la sortie si tu n'y vois pas d'inconvénient.

Lolita déboula à son tour. Elle lança son ourson dans les airs.

– Hourra ! s'écria-t-elle. On est libres !

– Quelqu'un pourrait-il l'empêcher de hurler ? demanda Romain en s'extrayant péniblement du boyau. Ce serait trop bête de se faire reprendre !

Jason fit signe à Lolita qui leva son pouce au ciel.

Ketty arriva enfin, suivie de près par Loween qui fermait la marche.

– Tout le monde va bien ? s'inquiéta Jason.

Les réponses furent couvertes par l'explosion d'une fusée au-dessus de leurs têtes. Le ciel s'embrasa aussitôt d'une pluie d'étoiles multicolores.

– Ouah, trop beau ! s'exclama Lolita.

– Bon suivez-moi, ordonna Jason, et tâchez de ne pas vous faire remarquer.

– J'ai dans l'idée que ça va être facile, murmura Ketty en se glissant derrière lui.

Les rues de Marseille étaient en effet noires de monde. Les gens couraient dans tous les sens, chantaient, s'embrassaient et dansaient au-dessous des lampions. Des haut-parleurs montés sur des camions sillonnaient la ville en diffusant de la musique électronique. Des pétards jetés par les passants explosaient régulièrement au-dessus du Vieux-Port.

Les adolescents se mêlèrent rapidement à la cohue générale, formant une farandole improvisée pour ne pas être séparés.

– Que fait-on maintenant ? hurla Ketty à l'oreille de Jason.

– Je connais quelqu'un à Marseille qui pourra sans doute nous aider, lui répondit ce dernier.

Partout dans la République Libre, des caméras observaient la fête, décortiquant le moindre mouvement suspect, traquant le moindre comportement anormal.

21

Jeudi 16 juillet 2057. 2h30.
Bureau privé du directeur de Réal-TV Europa 29.

Dimitri Sastinov sortit un cigare de sa boîte et se dirigea vers le tableau accroché au mur du fond, une scène champêtre pleine de romantisme et d'élégance. Sastinov aimait beaucoup cette vision du monde. Elle lui rappelait un passé à tout jamais perdu. Il craqua une allumette et réchauffa un moment le cigare avant de l'allumer. Puis il aspira une longue bouffée et recracha la fumée à même la toile. Ce petit jeu durait depuis des années. Au fil des mois, le bleu de la rivière, le vert des arbres et de la prairie, s'étaient recouverts d'une fine pellicule de tabac qui donnait désormais à la scène un aspect de morne plaine. Le jaune, à l'origine éclatant, du soleil n'était plus qu'une tache marron.

– Encore quelques mois, ricana Sastinov en s'adressant au tableau, et tu auras perdu toute ta beauté.

Puis il appuya sur un recoin du cadre et le tableau pivota, découvrant un plan numérisé de la République Libre de Marseille.

Sastinov tira de nouveau une longue bouffée sur son cigare.

– Ainsi donc, vous êtes parvenus à franchir la barrière d'énergie, soupira-t-il, voilà qui modifie sensiblement mes projets…

Il se rapprocha du plan et souffla lentement la fumée de son cigare sur un traceur clignotant qui progressait lentement le long d'une rue.

– Mais il n'est pas question pour autant que je vous perde de vue ! acheva-t-il en éclatant de rire.

GAME OVER

22

Jeudi 16 juillet 2057. 2 h 30.
République Libre de Marseille.

Tandis que le ciel s'embrasait de mille éclats, les sept fugitifs s'éloignèrent rapidement du centre-ville.

– On va où au juste ? gémit Lolita qui avait du mal à suivre le rythme imposé par Jason.

– On cherche un endroit à l'écart, répondit Loween sans prendre la peine de se retourner, un lieu où l'on puisse souffler et faire le point en toute tranquillité.

– L'un d'entre vous est-il déjà venu à Marseille ? demanda Romain.

Personne ne répondit. Tous continuaient d'avancer avec la même volonté de mettre rapidement le plus de distance possible entre eux et la sortie du tunnel.

– Si je comprends bien, on avance au hasard ? insista Romain.

– Tu vas fermer ta gueule ! s'énerva Allan.

Amina dépassa Romain et lui balança une grande tape dans le dos.

– T'inquiète pas, mon gars, le hasard fait souvent bien les choses.

– Espérons que tu aies raison, murmura Ketty, sinon notre petite virée en ville risque d'être de courte durée.

Ils marchèrent à une cadence soutenue durant une dizaine de minutes. Se dirigeant vers le nord de la cité, les rescapés se rapprochaient sans le savoir des quartiers les plus populaires de la République Libre de Marseille. Au fur et à mesure de leur avancée, les rues se vidaient et le regard des rares personnes qu'ils croisaient encore devenait plus dur.

Lolita commençait à s'inquiéter mais Allan la rassura d'un clin d'œil.

– Tant que je suis près de toi, tu ne risques rien !

Soudain, au détour d'une ruelle isolée, Jason désigna un pont plongé dans l'obscurité.

– Voilà l'endroit idéal, dit-il en reprenant son souffle, suivez-moi.

Les sept ombres glissèrent en silence vers la bouche noire.

23

Jeudi 16 juillet 2057. 3 heures du matin.
Réunion de crise au siège de Réal-TV Europa 29.

Arthus Gappa, le concepteur du jeu, appuya sur le bouton de la commande à infrarouge.

– Je vous demande de regarder très attentivement les images qui vont suivre. Elles proviennent de la caméra de surveillance placée à la sortie du tunnel reliant l'île d'If au port de la République Libre de Marseille. Elles ont été relevées il y a un peu moins d'une heure.

La salle fut plongée dans la pénombre et l'écran du récepteur à plasma s'alluma. L'image était légèrement floue mais l'on pouvait néanmoins distinguer les concurrents s'extirpant les uns après les autres du tunnel. La dernière à apparaître fut Loween qui adressa un doigt d'honneur à la caméra.

– Incroyable, dit Dorimon Vargas qui gérait le central d'appels, tandis que la lumière revenait, ils sont parvenus à s'échapper.

– Mais ils n'étaient que sept, nota Harmance Gustin, directrice du département musique.

– Exact, poursuivit Ornélia Nundy responsable de la communication, il manque Kevin.

– Son corps vient d'être retrouvé par nos hommes dans le tunnel, répondit Arthus, il s'est sacrifié pour permettre aux autres de franchir la barrière d'énergie.

Un frisson d'horreur parcourut l'assistance.

– Il n'y avait donc pas de gardes à la sortie du tunnel ? s'étonna Dorimon Vargas.

– Le consul avait réquisitionné toutes les forces de sécurité, expliqua Arthus, les célébrations du 15 juillet donnent toujours lieu à quelques débordements qu'il convient de maîtriser au plus vite...

– Nous avons joué de malchance, murmura Andros Leccha, en charge du département produits dérivés.

– De malchance et d'incompétence, le reprit Arthus. Les formateurs du château, persuadés que les concurrents ne parviendraient pas à franchir la barrière d'énergie, ont attendu des heures pour nous prévenir. Si tel n'avait pas été le cas, nous les aurions cueillis à la sortie du tunnel.

– Ils ont dû vouloir leur donner une leçon du style « Quoi que vous tentiez nous restons maîtres du jeu », ricana Harmance.

– Qu'importent leurs intentions, s'emporta Arthus, leur comportement est irresponsable ! Résultat : sept délinquants se sont évaporés dans la nature !

– Est-ce que l'émission va continuer ? demanda l'animatrice, Mélanie, d'une voix faussement naïve.

Cette remarque ne fit qu'accroître la fureur du jeune concepteur.

– Mais bon sang, explosa-t-il, n'y a-t-il donc que ça qui compte pour vous ?

Dimitri Sastinov, le patron de Réal-TV Europa 29, qui était resté en retrait, choisit ce moment pour intervenir.

– Je vous en prie Arthus, gardez votre calme.

Mais Arthus était lancé et rien ni personne ne semblait en mesure de l'arrêter.

– Garder mon calme ! Mais comment voulez-vous que j'y parvienne alors que mon jeu vire à la catastrophe ?

Il y eut un blanc. Toutes les personnes présentes retinrent leur respiration, attendant de voir la réaction du directeur de la chaîne.

– Nous en reparlerons dans quelques heures, se contenta de répondre ce dernier. Pour l'instant nous allons annoncer qu'il y a eu une panne sur le supranet. En ce qui concerne l'émission sur le câble, nous sommes tranquilles jusqu'à 18 heures.

– Que se passera-t-il alors ? demanda Mélanie.

– Deux options s'offrent à nous. Soit nous avons récupéré les candidats et l'émission reprend, soit ils sont toujours en liberté et il nous faudra envisager une nouvelle orientation pour le jeu.

Arthus comprit ce que sous-entendaient les paroles de Dimitri Sastinov : le jeu était en train de lui échapper.

– Puis-je savoir en quoi consistera cette nouvelle orientation ?

Mais déjà Sastinov s'apprêtait à quitter la pièce.

– Je n'ai pas le temps de vous l'expliquer maintenant. Sachez juste que j'ai demandé aux autorités de la République Libre de Marseille de boucler ses accès. Nos concurrents ne pourront donc pas s'échapper.

– Les pauvres ! s'exclama l'animatrice avec sa légèreté habituelle. Ils se sont précipités dans une prison plus grande que les précédentes.

– En quelque sorte ma chère, en quelque sorte...

Jetant un regard désespéré vers l'animatrice, Harmance Gustin murmura à l'oreille de son voisin :

– La suite risque d'être captivante.

24

Jeudi 16 juillet 2057.
À l'aube. Sous un pont
de la République Libre de Marseille.

Lolita se recroquevilla pour tenter d'échapper à la morsure du mistral qui soufflait en rafales.

– C'est fichu, dit Loween d'une petite voix, il y a plus d'une heure qu'il est parti. Il a sûrement été pris.

– Elle a raison, poursuivit Romain en claquant des dents, nos visages sont montrés en boucle depuis plus de trois semaines sur tous les plasma-écrans de l'État-Maître, il n'avait aucune chance de passer inaperçu.

Aucun des concurrents ne trouva l'énergie nécessaire pour lui répondre et Romain prit ce silence pour un encouragement.

– On n'a qu'à se rendre, peut-être seront-ils indulgents avec nous ?

– Que quelqu'un le fasse taire, lâcha Allan, sinon je l'écrase contre le mur !

Ketty eut un geste apaisant de la main.

– Cessez de vous disputer tous les deux, vous allez finir par attirer l'attention sur nous…

Mais déjà Amina se redressait.

– Trop tard, on est repérés !

Portés par le vent, des bruits de pas se rapprochaient. Peu à peu, quatre silhouettes se découpèrent dans la lumière du jour naissant. Lentement, l'une d'entre elles se détacha du groupe et s'avança vers les fugitifs apeurés.

– Qu'est-ce que vous faites ici ? demanda-t-elle. Qui êtes-vous ?

Soudain, la silhouette bascula dans une zone de clarté et, malgré ses nouveaux vêtements et la casquette de marin qui le coiffait, ils le reconnurent.

– Jason, s'exclama Allan, espèce de débile ! J'ai failli te sauter dessus !

25

Jeudi 16 juillet 2057. 17 heures.
Huitième étage de l'immeuble de Réal-TV Europa 29.

Les responsables des divers départements de *La Traque* attendaient Dimitri Sastinov pour l'ultime réunion avant le prime time. Un mémo-texto commun venait d'arriver sur leurs téléphones cellulaires personnels, les informant que, les fuyards n'ayant pas été rattrapés, le concept de l'émission allait être profondément bouleversé. Tous semblaient inquiets, mais Arthus était sans doute celui dont le visage trahissait la plus grande angoisse.

Assis à la table de réunion, Andros Leccha glissa à l'oreille de la responsable du département musique :

– C'est plutôt inhabituel de sa part, ce retard, en cinq ans cela n'a dû se produire que deux ou trois fois.

Harmance Gustin désigna la présentatrice d'un haussement de menton discret.

– Au moins on est sûrs qu'il n'est pas fourré quelque part avec elle...

Sirotant un café à l'espace bar, l'attachée de presse se pencha par-dessus l'épaule d'Arthus.

– On pourrait envisager une intervention de la psychologue sur le plateau ce soir pour expliquer la fuite des ados. Les journaux sont très demandeurs de ce genre de commentaires. Qu'en pensez-vous ?

– J'en pense que...

Arthus ne termina pas sa phrase. La porte s'ouvrit sur un Sastinov débordant d'énergie.

– Veuillez excuser mon retard, dit-il en traversant la salle à grandes enjambées, mais je sors d'une importante vidéoconférence qui rassemblait plusieurs membres de l'autorité judiciaire de l'État-Maître, des avocats en droit pénal, ainsi que des conseillers du consul de la République Libre de Marseille.

Il fit une pause, le temps de s'asseoir en bout de table, avant de poursuivre :

– Une secrétaire est en train de retranscrire les décisions qui ont été prises à l'issue de cette réunion, nous aurons le rapport final d'une minute à l'autre.

À cet instant, une hôtesse-clone entra et connecta un halo-projecteur au centre de la table de verre.

– Ah justement, le voici !

– Monsieur, intervint Arthus d'une voix qu'il tâcha d'affermir, il me semble qu'avant d'aller plus loin dans...

Sastinov lui coupa sèchement la parole.

– Cessez de penser, Arthus, et lisez ce rapport ! Ensuite nous en parlerons. Ceux qui ne voudront pas continuer l'aventure seront libres de partir...

Les uns après les autres, les membres de l'équipe consultèrent le rapport qui semblait flotter dans les airs.

Au fur et à mesure de leur lecture, les visages se figèrent dans une expression où se mêlaient incompréhension, surprise, dégoût...

Ce fut Arthus qui réagit le premier.

– Mais c'est de la démence, vous n'allez pas autoriser une telle chose !

– Il est trop tard. Dans moins d'une heure, ce que vous venez de lire sera expliqué aux téléspectateurs par notre charmante présentatrice, répondit Dimitri en se fendant d'un sourire à l'attention de Mélanie.

Arthus se redressa et lança en direction de l'équipe :

– Bon sang, réagissez ! Expliquez-lui que c'est de la pure folie !

Personne ne fut assez téméraire pour prendre la parole et les visages se détournèrent d'Arthus.

– Monsieur Sastinov, poursuivit-il, je vous demande de tout arrêter pendant qu'il est encore temps. Sinon vous allez créer un précédent qui va nous exploser à la figure !

Sastinov secoua lentement la tête.

– Tsss, tsss... Où est donc passé le jeune concepteur de jeu ambitieux qui rêvait de révolutionner avec *La Traque* le paysage télévisuel des euro-citoyens ?

– Mais ce que vous proposez relève de la démence la plus totale ! Je ne peux adhérer à ce projet.

Sastinov chassa l'air d'un geste de la main.

– De toute façon, vous n'êtes plus concerné par cette histoire.

– Comment ça ? Vous n'avez pas le droit. Je suis le concepteur du jeu…

– Mais le concept a changé, mon cher, d'ailleurs le titre de l'émission a changé également. Elle s'appelle désormais *Game Over*. Je vous vire pour faute grave. Mon avocat prendra contact avec vous afin de régler les détails de votre licenciement.

– Faute grave ? s'étonna Arthus.

Déjà Sastinov s'apprêtait à quitter la salle.

– Disons que j'attends toujours votre rapport concernant les paris clandestins, rapport que je vous ai demandé à maintes reprises !

26

Jeudi 16 juillet 2057. 17 h 50.
Un appartement de la rue Breteuil
dans la République Libre de Marseille.

Seuls Jason et Allan ne dormaient pas. Ils discutaient à voix basse tandis que leurs hôtes s'affairaient en cuisine.

– Puisque je te dis qu'on ne risque rien, répéta Jason, ce sont des amis de ma mère…

Il s'interrompit, des images pénibles remontaient en surface. Le meurtre de son père ne s'effacerait jamais de sa mémoire.

– Ils ont compris mon geste.

– Ils t'ont peut-être pardonné toi, mais nous, nous restons une bande de criminels en fuite. À la moindre occasion, ils nous dénonceront pour toucher la récompense !

Jason ne put s'empêcher de sourire.

– Allan, ton imagination te joue des tours. Il n'y a aucune prime sur nos têtes… du moins pas encore.

– S'ils ne nous dénoncent pas pour de l'argent, alors ce sera juste pour accomplir leur devoir d'euro-citoyens de niveau supérieur ! insista Allan.

Jason lui tapota gentiment l'épaule.

– Nous sommes dans une République Libre, les Marseillais ont toujours eu horreur du pouvoir central, c'est presque une seconde nature chez eux. Je t'assure que tu stresses pour rien.

– J'ai du mal à te croire, murmura Allan.

– Nos hôtes m'ont expliqué qu'une partie de la population est opposée au jeu et tente de le faire interdire. Ces gens ne deviendront jamais des killers. Au contraire, ils feront tout pour nous aider...

À cet instant, un homme entra dans le salon.

– Excusez-moi, mais l'émission commence dans deux minutes. Si vous voulez réveiller vos amis...

Jason se redressa.

– Merci. J'y vais tout de suite.

Tandis que l'homme regagnait la cuisine, Allan retint Jason par la manche.

– Et la production ? Elle doit avoir cette adresse dans ton dossier. La police risque de faire une descente ici.

Jason se dégagea en douceur.

– Tu es en train de me dire qu'ils ont fiché toutes les relations de ma famille ? Tu délires ou quoi ?

Il pénétra ensuite dans la pièce où le reste de la troupe était regroupé et contempla un instant Lolita qui dormait sereinement, serrant son ours contre son cœur.

« Pourquoi le monde n'est-il pas à son image, un havre de paix et de douceur ? » pensa Jason en retardant de quelques secondes le moment de la réveiller.

À 18 heures précises, ils étaient assis face à l'énorme plasma-écran incrusté dans le mur de la salle à manger. Une femme déposa des assiettes de pâtes fumantes sur la table, mais aucun d'eux n'avait l'esprit à manger.

– Chut ! Ça va commencer ! dit Romain.

Amina lui lança un regard mauvais.

– Je te signale que tu es le seul à parler, espèce de crétin.

– Taisez-vous ! ordonna Jason. L'émission va débuter.

En effet, le tunnel de publicité se terminait, laissant place au générique de l'émission.

– Regardez, s'exclama Romain, ils ont changé le nom du jeu !

– La ferme ! s'énerva Amina.

Sitôt le générique de *Game Over* achevé, un texte holographique s'afficha sur des images virtuelles du château d'If.

Des événements importants se sont déroulés
durant les dernières vingt-quatre heures,
nous obligeant à remanier la règle du jeu.

L'émission de ce soir sera donc entièrement
consacrée au récit de ces événements
et à l'explication des nouvelles règles édictées
avec l'accord du ministère de l'Euro-Justice.
Nous vous souhaitons à toutes et à tous
une bonne soirée.

– Ça sent l'émission bricolée à la hâte, commenta un homme.

– C'est sûr, ajouta Loween, ils ont dû être surpris.

– Chut, implora Romain, taisez-vous !

Une mélodie désormais célèbre s'éleva :

Huit ados délinquants s'enfuirent du château
Kevin y laissa sa peau
Par un laser-sécurité il fut brûlé
Et il ne resta plus que sept petits évadés !

Elle fut suivie par la bande-annonce en quatre dimensions.

Vous pouvez dès à présent télécharger
ce couplet sur votre disque matrice
en vous connectant via la prise intramodem
de votre plasma-écran.

Prix de la connexion : 2,20 énergie-euros/minute.

– Ils ont augmenté le prix de la connexion, fit observer une femme aux cheveux rouges.

C'est alors qu'apparut Mélanie.

– Eh bien, qu'en dites-vous chers amis ? Pour une surprise c'est une surprise, non ? Nos concurrents se sont fait la belle. Afin d'en parler plus en détail, j'ai invité ce soir sur le plateau les quatre adultes du château d'If. Je vous demande de leur réserver un accueil triomphal !

Les applaudissements retentirent tandis que l'image de synthèse qui masquait l'arrière du plateau s'effaçait lentement, laissant apparaître l'éducateur et l'enseignante qui s'avancèrent d'un même pas. Rémy les suivait de près, levant les bras à la manière d'un sportif victorieux. Amaurie Modinore fermait la marche, un sourire embarrassé au coin des lèvres.

Dans la première partie de l'émission, les intervenants relatèrent l'évasion des candidats dans les moindres détails. La gêne des participants, en particulier celle de Marianne Jossan, se reflétait à l'écran à la manière d'une loupe grossissante.

Enfin Mélanie se tourna vers la caméra quatre.

– Merci à vous tous pour ces éclaircissements fort intéressants. Quant à vous, chers téléspectateurs, ne zappez pas ! Après la publicité, vous saurez tout sur les nouvelles orientations de notre jeu.

La régie envoya la première publicité pour un papier toilette au concept révolutionnaire : lavable et réutilisable.

La femme aux cheveux rouges éteignit le plasma-écran.

– Prenez le temps de manger, déclara-t-elle, nous le rallumerons dans dix minutes.

Allan se tourna vers Jason.

– Ils semblent pris au dépourvu.

– À mon avis ils nous réservent le meilleur pour la fin, répliqua Jason.

– Comme d'habitude, commenta Ketty en engloutissant une pleine bouchée de pâtes.

Dix minutes plus tard, Mélanie annonçait :

– Pour cette deuxième partie d'émission, je vais accueillir le concepteur de notre jeu révolutionnaire, j'ai nommé... monsieur Miramar Fondeau !

27

Jeudi 16 juillet 2057. 18 h 40.

Un petit homme rondouillard s'avança sur le plateau en claudiquant légèrement et se hissa avec difficulté sur le tabouret face à l'animatrice.

– Voilà donc notre bourreau, soupira Loween.

– Par pitié, tais-toi ! implora Romain.

Sur l'écran gigantesque, l'homme paraissait ridiculement petit. Ses joues légèrement empourprées trahissaient sa timidité. Mélanie fit de son mieux pour le mettre à l'aise.

– Je suis ravie de vous recevoir sur notre plateau, monsieur Fondeau.

– Tout le plaisir est pour moi, répondit-il en rougissant davantage encore.

– Vous êtes ici pour nous expliquer les nouvelles règles qui seront mises en pratique dès ce soir, n'est-ce pas ? demanda l'animatrice d'un air faussement candide.

– C'est cela. L'évasion des candidats nous contraint à effectuer quelques modifications des règles ainsi qu'à définir une nouvelle orientation du jeu. Je suis venu vous informer des décisions qui ont été prises.

– Très bien, dit l'animatrice. Avant de vous laisser la parole, je tiens juste à préciser que la totalité du nouveau règlement peut être téléchargée en vous connectant sur le site de la chaîne.

Il y eut un mouvement de caméra et l'image se fixa en gros plan sur Miramar Fondeau.

– Tout d'abord, commença celui-ci, en accord avec la République Libre de Marseille, les portes d'enceinte de la cité ont été fermées. Désormais, les entrées et sorties sont étroitement contrôlées. Les caméras de surveillance de la ville ont été connectées au réseau de Réal-TV Europa 29, qui a toute latitude pour les utiliser à sa guise.

– Voilà qui a le mérite d'être clair, intervint Mélanie. Nos candidats sont désormais piégés dans un périmètre déterminé. Je crois également que vous avez apporté plusieurs additifs au règlement initial de *La Traque* ?

– C'est exact. Le jeu s'appelle désormais *Game Over*. Nous ne suivrons plus nos candidats à l'intérieur du château d'If, mais directement dans la ville et ce sont les caméras de surveillance de la République Libre de Marseille qui fourniront les images pour les émissions quotidiennes.

– De nouvelles rubriques sont donc prévues ? demanda encore la présentatrice.

– Oui. Entre autres, des témoignages de citoyens marseillais ayant aperçu les fuyards ou ayant eu affaire à eux.

– Et en ce qui concerne le prime time du samedi soir ?

– Rien de changé de ce côté-là. Seul le candidat ayant été nominé la veille pourra être abattu. Par contre, si un concurrent non nominé tente de s'interposer entre les killers et leur cible, ordre peut être donné de l'abattre sur-le-champ.

En fond d'écran, les portraits des candidats encore en lice apparurent.

– Enfin, pour être tout à fait complets sur le sujet, poursuivit Mélanie, je crois qu'il a été décidé quelques modifications au règlement initial de *La Traque*.

– Absolument, répondit Fondeau. D'ailleurs, je vous laisse découvrir par vous-mêmes les articles modifiés.

Il y eut un fondu enchaîné sur une vue aérienne de la République Libre de Marseille et un texte commença à défiler en incrustation, le tout rythmé par une musique électroacoustique du plus bel effet.

Article 1 : La nouvelle traque a désormais pour cadre le territoire intra-muros de la République Libre de Marseille.

Article 2 : La nouvelle traque est officiellement ouverte au moment de la prise d'antenne du samedi soir, soit 21 heures, heure universelle d'euro-diffusion.

Article 3 : La nouvelle traque s'achève au moment du décrochage d'antenne du samedi soir, soit 24 heures, heure universelle d'euro-diffusion.

Article 4 : La nouvelle traque vise l'élimination physique du concurrent qui aura recueilli le moins de voix.

Article 5 : La nouvelle traque est menée par cinq euro-killers sélectionnés parmi les votants téléphoniques. Aucun autre euro-citoyen n'a le droit de participer à l'élimination physique d'un candidat sous peine de condamnation immédiate. Aucune poursuite ne pourra être envisagée contre le killer ayant rempli son contrat.

Article 6 : Une somme de quinze mille énergie-euros sera versée au killer remplissant son contrat.

Article 7 : Une somme de cinq cents énergie-euros sera attribuée à tout citoyen fournissant une information sur les déplacements des candidats.

Article 8 : Toute personne suspectée d'avoir apporté un soutien quelconque aux concurrents encourra une peine de cinq ans de prison.

Article 9 : Si au moment du décrochage d'antenne le contrat n'est pas rempli, le candidat sera considéré comme sauvé et pourra poursuivre sa fuite seul ou accompagné des autres candidats. Il ne sera pas nominable la semaine suivante.

L'image revint sur le plateau et Mélanie se tourna vers son invité.

– Merci beaucoup pour ces précisions, monsieur Fondeau, dit-elle en souriant.

Puis s'adressant aux téléspectateurs :

– Notre émission est terminée, il est temps de nous quitter. Je vous donne rendez-vous demain soir à la même heure. Attention, nous connaîtrons le nom de notre nouveau nominé. Au revoir et bonne fin de soirée à tous !

Tandis que la présentatrice agitait sa main droite, la femme aux cheveux rouges éteignit le plasma-écran.

– C'est consternant, murmura-t-elle.

– Pourquoi ne cherchent-ils pas à nous reprendre et à nous transférer au château ? s'étonna Loween.

– Tu ne comprends pas ? intervint Ketty. En nous évadant, nous leur avons offert une opportunité qu'ils n'avaient pas envisagée. Désormais tout le monde peut participer au jeu...

– S'ils en avaient la possibilité, ils nous laisseraient quitter Marseille ! poursuivit Romain.

– Ils ne prendront jamais un risque pareil, murmura Ketty, ils vont nous abattre les uns après les autres dans la ville.

– Une chose est troublante, commenta l'un des hommes présents dans la pièce, ils ont réagi à une vitesse prodigieuse.

– Nous ne pouvons plus rester ici, déclara Jason, le danger est bien trop grand pour vous.

28

Jeudi 16 juillet 2057. Tard dans la nuit.
Zone extra-muros de Paris.

L'ombre se laissa porter par la foule des citoyens d'échelon inférieur jusqu'à l'enseigne de la *Sirène de jade*. Elle s'assura qu'elle n'avait pas été suivie et, après un court moment d'hésitation, elle pénétra dans la sinistre taverne.

Elle sinuait entre les consommateurs quand une voix familière se fit entendre à travers la musique et les vociférations jaillissant de la partie centrale.

– Vargas ! Par ici.

Dorimon Vargas se retourna. La voix provenait d'une alcôve située légèrement à l'écart du tumulte. L'endroit idéal pour une rencontre clandestine.

Dimitri Sastinov, qui s'apprêtait à allumer un énorme cigare, l'invita à prendre place d'un geste de la main.

– Je vous en prie. Vous désirez boire quelque chose ?

Mais Vargas ignora la proposition.

– Pourquoi m'avoir donné rendez-vous dans un tel endroit ? Vous savez que j'ai horreur des zones d'habitation extérieures. *(En 2050, suite à la crise du logement qui gagna les villes de plus d'un million d'habitants, il fut décrété que, dans chacune d'elles, trois zones d'habitation bien distinctes seraient déterminées. Une première zone, dite zone extra-muros, pour les euro-citoyens d'échelon un ou deux ; une deuxième zone, appelée zone tampon pour le niveau trois, et enfin une zone intra-muros pour les citoyens d'échelon supérieur.)*

Dimitri alluma son cigare avant de répondre.

– Ce sont pourtant leurs habitants qui nous font vivre, mon cher Dorimon, ne l'oubliez jamais ! Ce sont eux qui regardent nos émissions et qui se connectent sur vos lignes surtaxées.

– Je sais, répondit Vargas visiblement excédé, n'empêche que...

Sastinov ne lui laissa pas l'opportunité de terminer sa phrase.

– C'est juste une question de sécurité, histoire d'éviter les micros indiscrets. Notre marge de manœuvre se réduit chaque jour, mais nous allons poursuivre ce que nous avons entrepris...

Dorimon Vargas ne parvint pas à dissimuler son étonnement.

– Quoi, vous voulez vraiment aller jusqu'au bout ?

Sans répondre, Sastinov sortit un étui digital de la poche intérieure de sa veste, le posa sur la table et le fit glisser jusqu'au responsable de Télécom Sat.

– Voici de quoi apaiser vos craintes, souffla-t-il enfin.

Dorimon hésitait à s'emparer de l'étui.

– Et soulager votre conscience, ajouta Sastinov.

Vargas connecta l'étui sans se presser. Il était chargé d'une masse conséquente d'énergie-euros.

– Vous aurez le double si vous m'aidez à mener le projet à terme.

Cet argument finit de le convaincre.

– Très bien… Qui est le prochain nominé ?

– Allan, répondit sèchement Sastinov, c'est le plus dangereux.

Dorimon secoua la tête.

– Impossible. Il a été nominé la dernière fois et le règlement nous oblige à lui laisser une semaine de répit.

L'espace d'un instant, Sastinov parut décontenancé.

– Alors ce sera cette voleuse de Loween, c'est grâce à elle qu'ils se sont enfuis.

Vargas glissa discrètement l'étui digital dans sa poche.

– Très bien monsieur, mais nous avons un autre problème.

– Lequel ?

– Nous ignorons où se trouvent les fuyards.

Sastinov éclata de rire.

– Ne vous souciez pas de ça, Vargas, je sais exactement où ils se cachent !

29

Vendredi 17 juillet 2057.
Appartement d'Arthus Gappa.

Arthus n'avait pas fermé l'œil de la nuit. Il demeurait prostré sur le canapé du salon depuis de longues heures, se contentant de fixer le plasma-écran éteint. La veille, il avait vu ce misérable individu, ce Miramar Fondeau surgi du néant, se livrer à une véritable mascarade, épaulé par Mélanie.

Soudain, le visio-code de la porte d'entrée s'alluma. Arthus se leva et, sans même vérifier l'identité du visiteur, ouvrit d'un geste machinal.

– Je peux entrer ? s'enquit Harmance Gustin, un sourire au coin des lèvres.

Arthus s'écarta en silence. Harmance alla s'asseoir sur le canapé et, sans demander l'autorisation au propriétaire des lieux qui se contentait de rester debout à l'entrée de la pièce, alluma une cigarette.

– D'après ce que je constate, dit-elle enfin en recrachant la fumée, le choc est terrible.

– Comment vous sentiriez-vous à ma place ?

– Comme un savant fou qui voit sa créature lui échapper.

– La comparaison avec le docteur Frankenstein est tout à fait adaptée, soupira Arthus en s'asseyant près de la jeune femme. Mais je suis en plus un créateur trahi par ses collègues.

Harmance tira une longue bouffée avant de répondre :

– Que vouliez-vous que nous fassions ? On a tous des traites à rembourser, une famille à nourrir, une belle maison, un niveau de vie à préserver, le contraire des héros. C'est de cette manière que le système continue de fonctionner.

Arthus hocha la tête.

– Vous saviez bien que dans ce genre d'entreprise, la moindre erreur peut être fatale, reprit Harmance. Tant que le bateau suit son cap, le capitaine demeure très entouré. À la moindre avarie, les marins se mutinent.

– Sauf qu'il y a quelque chose d'étrange sur ce navire...

– Qu'entendez-vous par là ?

– C'est juste une impression. Sastinov a toujours un coup d'avance par rapport à nous. Il sait des choses que personne n'est censé savoir.

– Pourriez-vous être plus précis ?

– Malheureusement non. Je n'ai aucune preuve de ce que je soupçonne.

– Dans ce cas, dit Harmance en se levant, je ne peux rien pour vous.

Elle se dirigea vers la sortie, laissant tomber la cendre à même le sol.

– Harmance…

– Oui ?

– Que dois-je faire ?

– Pas la moindre idée, mon cher.

La responsable du département musique marqua un temps d'arrêt.

– Mais si on m'avait volé ma création, je ne resterais pas les bras croisés à me morfondre. Je ferais tout ce qui est en mon pouvoir pour la récupérer.

Harmance Gustin s'apprêtait à quitter l'appartement lorsque la voix d'Arthus résonna dans le couloir vide.

– Harmance…

– Quoi encore ?

– Merci d'être passée me voir.

– De rien, il doit me rester un peu d'humanité quelque part.

Et elle sortit en claquant la porte.

30

République Libre de Marseille.

Jason s'était résigné à retarder leur départ devant l'insistance de leurs hôtes à les garder pour la nuit.

Les candidats n'avaient donc quitté l'appartement de la rue Breteuil qu'à l'aube du vendredi. Après une matinée d'errance, évitant les caméras, ils avaient fini par trouver refuge dans un hangar désaffecté sur les docks.

Durant cette courte escapade, Loween s'était une fois de plus montrée à la hauteur de sa réputation. Elle avait réussi à voler trois étuis digitaux dont un copieusement garni. Subitement, l'argent n'avait plus été un problème. Par voie de conséquence, la nourriture non plus. Romain et Ketty avaient été désignés pour faire les courses, ils étaient revenus avec des bouteilles d'eau et des sachets de nourriture auto-cuisable.

Jason était ressorti le vendredi soir. Il était allé traîner dans une artère commerçante à l'heure de l'émission quotidienne qu'il avait suivie en se mêlant discrètement à la foule des badauds agglutinés devant la vitrine d'une boutique de plasma-écrans.

Une fois l'émission terminée, il était retourné directement au hangar.

Il s'était assis sur un carton servant de fauteuil de fortune et avait simplement lâché :

– Loween est nominée.

– Pourquoi ? avait demandé Amina.

– D'après l'animatrice, les téléspectateurs pensent que c'est à cause d'elle si on s'est enfuis. En volant les clés, elle...

Jason avait baissé les yeux et laissé sa phrase en suspens.

Loween se tenait immobile au centre du hangar et lentement des larmes submergeaient ses yeux. Personne ne se sentit le courage de la consoler.

Le lendemain matin, chacun avait exprimé son opinion autour de quelques sachets de chocolat au lait.

Jason pensait qu'ils devaient rester ensemble.

– L'union fait notre force, avait-il argumenté, si nous nous séparons nous deviendrons plus faibles.

Romain et Ketty étaient sensiblement du même avis.

– Jason a raison, avait ajouté Romain. Si nous nous séparons, nous n'avons aucune chance.

– Dis plutôt que toi, tu n'as aucune chance, avait répliqué sèchement Allan. Pour moi vous êtes plus un fardeau qu'autre chose !

Amina s'était rangée de son côté :

– Désormais c'est chacun pour soi !

– Attendons au moins demain pour nous séparer, avait imploré Ketty, on ne peut pas laisser Loween seule ce soir.

– De toute façon, je suis fichue, avait sangloté celle-ci.

Jason avait éclaté de rire.

– Tu dis n'importe quoi ! Comment veux-tu qu'ils nous trouvent ? Hier, ils n'ont pas été capables de fournir la moindre image de nous !

Les autres avaient abondé dans son sens.

– Ils ne savent pas où nous sommes.

– Les killers vont perdre leur temps à nous localiser et à minuit ils repartiront bredouilles.

– Et tu seras tranquille pour au moins deux semaines.

Seule Lolita ne s'était pas exprimée, restant en retrait et serrant très fort son ours contre sa poitrine.

Ils décidèrent tout de même d'instaurer un tour de garde sur le toit du hangar. Ce fut Romain qui prit le premier quart. Allan le relayerait.

À l'approche de l'heure fatidique, les rues de Marseille se vidèrent selon le souhait des autorités désireuses de laisser le champ libre aux killers.

Cependant, certains citoyens voyant dans cctte mesure une atteinte grave à leurs libertés individuelles avaient appelé à un rassemblement pacifique en haut de la Canebière. À 20 heures, ils étaient plus d'un millier à scander des slogans hostiles à l'émission.

Les BRDP reçurent l'ordre de disperser la foule. *(Les Brigades de Répression des Désordres Publics furent créées en 2042, succédant aux CRS. Les BRDP se caractérisèrent très rapidement par une grande violence, doublée d'un sentiment de totale impunité.)* L'attaque des brigades fut d'une rare agressivité. Des dizaines de cartouches de gaz paralysant furent tirées et les urgences des hôpitaux de garde réceptionnèrent plus d'une centaine de blessés dont certains dans un état grave.

Aux alentours de 21 heures, la tension retomba enfin dans le centre-ville.

C'est alors que l'on entendit le bruit caractéristique d'un hélicoptère en approche.

31

Samedi 18 juillet 2057. 21 h 40.
Espace aérien de la République Libre de Marseille.

La nuit tombait sur la ville. Le pilote et le copilote actionnèrent leur casque de navigation infrarouge. À bord de l'hélicoptère, le chef d'escadre Floston donnait ses dernières consignes aux killers regroupés à l'arrière de l'appareil. Le bruit des rotors était infernal, l'obligeant à hurler.

– L'hélico restera en vol stationnaire à environ deux mètres du sol. À mon top, vous sauterez les uns à la suite des autres. C'est compris ?

Les cinq killers dressèrent leurs pouces vers le ciel.

– Parfait. Nous vous exfiltrerons à minuit au même endroit. Si vous terminez votre mission avant, vous nous appelez et on vous récupère. Des questions ?

– Est-ce qu'on est sûrs que la cible se trouve bien dans ce hangar ? demanda le killer deux.

– À quatre-vingt-dix pour cent. Je vous rappelle que votre mission est d'éliminer Loween, ne tentez pas d'intercepter les autres concurrents.

Le killer deux approuva de la tête et le killer trois, une femme, intervint.

– Que fait-on si quelqu'un tente de s'interposer ?

– Bonne question. Si c'est un candidat, vous demandez l'autorisation orale des instances supérieures avant de tirer, si c'est un civil… il n'y a rien de prévu ! Il faudra improviser.

– C'est la merde ! s'exclama la femme.

– C'est pas le moment de te plaindre, mignonne, s'énerva le killer quatre. Personne ne t'a forcée à venir !

– On se calme, intervint Floston, concentrez-vous sur votre objectif. Largage prévu dans trente secondes !

Un ronronnement terrifiant couvrit la douce complainte que fredonnait Amina en berçant Lolita.

– Qu'est-ce que c'est ? s'inquiéta Jason.

Allan redescendit du toit en hurlant :

– Un hélicoptère ! Ils nous ont trouvés !

– C'est impossible, s'étonna Romain, pas aussi vite !

Allan entrouvrit la porte coulissante du hangar. À une cinquantaine de mètres, le premier killer venait de sauter de l'appareil.

– Et ça, je l'ai rêvé ?

– Qu'est-ce qu'on fait ? demanda Ketty affolée.

Déjà Jason attrapait la main de Loween et filait vers le fond du hangar.

– On se taille d'ici et vite ! cria-t-il sans se retourner.

32

Séquences d'images en temps réel-direct,
retransmises par Réal-TV Europa 29.

Les images grésillent parfois et le son est de valeur inégale, mais l'écran partagé en six vignettes, une pour chacun des killers et une réservée aux interventions de Mélanie, permet d'avoir une vision complète de la traque qui s'organise sous les yeux de millions d'euro-téléspectateurs.

Image provenant du vidéo-casque du killer 5.
Heure légale 21:12.

L'image tremble. On entend des bruits de pas.

– Il y en a deux qui filent le long des quais, crie le killer 5 à bout de souffle, je les prends en chasse !

– Bien reçu killer 5, ici killer 3, je monte voir sur le toit.

Image provenant du vidéo-casque du killer 1.
Heure légale 21:13.

Le killer 1 tient en joue une silhouette qui s'éloigne, il s'apprête à faire feu lorsque la main du killer 4 abaisse l'arme d'un geste sec.

– Ne tire pas ! Tu n'es pas sûr que ce soit Loween.

Le killer 1 renonce à contrecœur et s'élance à la poursuite d'Amina.

Image provenant du vidéo-casque du killer 4.
Heure légale 21:13.

Le killer 4 se sépare du killer 1. Il se dirige vers le hangar et se déplace lentement en zigzaguant de gauche à droite. De temps en temps, on aperçoit le canon de l'arme qu'il porte. On perçoit également son souffle précipité. Soudain, son attention semble attirée par un coin sombre du hangar. Il se rapproche doucement d'un tas de cartons.

Image provenant du vidéo-casque du killer 3.
Heure légale 21:14.

Le killer 3 monte les marches d'un escalier métallique, puis repousse une trappe découpée dans le plafond et débouche sur le toit. L'image se stabilise sur un coucher de soleil brumeux.

Image provenant de la caméra de plateau.

Heure légale 21:14.

Image fixe de Mélanie avec, en fond, un public qui semble lui aussi figé. Une horloge en incrustation-relief décompte le temps restant pour la traque. L'émission est sponsorisée par un fabricant de montres suisses.

Image provenant du vidéo-casque du killer 1.

Heure légale 21:16

Le killer hurle :
– Arrête-toi, ou je tire !
Amina ne ralentit pas.
– Demande autorisation d'ouvrir le feu, crie le killer.

Image provenant du vidéo-casque du killer 5.

Heure légale 21:18

Le killer a pris en chasse Jason et Loween. Au loin, deux ombres courent en se donnant la main, zigzaguant entre les containers empilés sur le port.

Image provenant du vidéo-casque du killer 2 qui a pénétré dans le hangar.

Heure légale 21:19.

Ketty et Romain se tiennent immobiles. Soudain Romain lève les mains en l'air et hurle :
– Ne tirez pas ! Par pitié, ne tirez pas !

Image provenant du vidéo–casque du killer 1.

Heure légale 21:19.

Un bandeau défile en incrustation en bas de l'écran. « Autorisation de tir refusée. Cible non identifiée. »

– Merde ! s'exclame le killer.

Au loin, Amina oblique soudain sur la droite.

Image provenant du vidéo–casque du killer 4.

Heure légale 21:21.

Une main gantée éparpille la pile de cartons. Tout à coup, on distingue un corps recroquevillé sur lui-même.

– Sors de là-dessous ! ordonne le killer.

Image provenant du vidéo–casque du killer 3.

Heure légale 21:22.

Des pas crissent sur le toit du hangar. On aperçoit les îles du Frioul au loin. Zoom avant vers les quais où des ombres détalent. Soudain, la tête d'Allan apparaît plein champ.

– Surprise ! dit-il en souriant.

Image provenant du vidéo–casque du killer 2.

Heure légale 21:22.

Romain tremble.

– Nous ne sommes pas celle que vous recherchez, dit calmement Ketty.

– Parfait, répond le killer, vous ne bougez pas d'ici et tout se passera bien.

Image provenant du vidéo-casque du killer 3.
Heure légale 21:23.

Un coup de pied d'une rapidité inouïe percute le vidéo-casque du killer. On entend un cri, le bruit d'une chute. L'image se brouille, puis s'éteint.

Image provenant du vidéo-casque du killer 4.
Heure légale 21:23.

Lolita émerge du tas de cartons, serrant son ourson contre sa poitrine.

Une main gantée de noir lui caresse les cheveux.

– N'aie pas peur, Lolita Baby, tu ne risques rien aujourd'hui.

Image provenant du vidéo-casque du killer 1.
Heure légale 21:25.

Une silhouette disparaît à l'angle d'un bâtiment en ruine. Le killer hésite puis stoppe sa course. On l'entend qui tente de reprendre sa respiration.

– Killer 1… au… rapport… J'ai perdu… ma cible… C'est… une… véritable gazelle… Besoin d'aide pour… la coincer.

Image provenant du vidéo-casque du killer 5.
Heure légale 21:26.

Le killer gagne du terrain sur les fuyards. Loween traîne la jambe.

L'homme armé crie :

– Ici killer 5, pas disponible pour l'instant. Je suis engagé dans une poursuite.

Image provenant du vidéo-casque du killer 4.
Heure légale 21:27.

Le killer pousse Lolita dans le dos et la conduit vers le groupe déjà formé par Romain, Ketty et le killer 2.

Lolita se précipite dans les bras de Ketty.

– Garde-les tous les trois, ordonne le killer 4, je vais filer un coup de main au killer 1.

Image provenant du vidéo-casque du killer 2.
Heure légale 21:28.

– Tu n'as qu'à les garder toi-même ! réplique le killer 2. Celui qui restera ici n'a aucune chance d'empocher la prime.

– Si je l'achève, je te promets qu'on partage, répond le killer 4.

Le killer 2 se tourne vers le groupe de candidats. Après un silence, il déclare :

– OK, ça marche. Tu peux y aller.

Image provenant du vidéo-casque du killer 4.
Heure légale 21:29.

Le killer 4 gagne la sortie du hangar. Des silhouettes courent au loin.

Image provenant du vidéo-casque du killer 3.
Heure légale 21:30.

Écran noir. Seulement le son :

– Killer 3 à terre. Je crois que j'ai le nez cassé. C'est Allan… Mon arme a disparu. Je répète, mon arme a disparu !

Image provenant du vidéo-casque du killer 1.
Heure légale 21:31.

Le killer vire à droite, puis à gauche. Revient sur la droite. Amina n'est nulle part.

– Merde, s'énerve-t-il, où est-elle passée ?

Heure légale 21:32.

Un bandeau défile au bas de toutes les vignettes.

« Autorisation de tir confirmée sur le concurrent Allan. Sujet armé et dangereux. »

Image provenant du vidéo-casque du killer 2.
Heure légale 21:35.

Romain a toujours les bras levés et Lolita demeure prostrée contre Ketty. Soudain, une détonation retentit. On perçoit comme un râle, l'image vacille puis s'éteint.

Image provenant du vidéo-casque du killer 5.
Heure légale 21:37.

L'un des deux fuyards tombe à terre. L'autre tente désespérément de le relever. Le killer s'approche sans précipitation. Une arme apparaît, pointée vers celui qui est au sol.

Image provenant du vidéo-casque du killer 3.
Heure légale 21:38.

L'image revient, trouble. Une tache de sang s'étend sur la partie supérieure droite, une fissure la parcourt en diagonale.

Image provenant du vidéo-casque du killer 4.
Heure légale 21:40.

En entendant la détonation, le killer 4 s'est retourné.

Le corps du killer 2 gît à terre, se tordant de douleur. Au loin, Allan lève son arme et fait feu à deux reprises.

Le killer 4 pointe son arme en direction de l'adolescent et tire à son tour. Un flash aveuglant occupe l'écran l'espace de quelques secondes. Lorsque l'image redevient nette, un nouveau corps est étendu au sol.

Image provenant du vidéo-casque du killer 1.

Heure légale 21:41.

L'image est fixe. On voit des poteaux métalliques et un autobus rongé par la rouille.

– Ici killer 1. Que se passe-t-il ? Répondez !

Image provenant du vidéo-casque du killer 3.

Heure légale 21:43.

Un gant couvre la moitié de l'écran, tentant vraisemblablement d'arrêter une hémorragie.

– Killer 3 demande assistance sur le toit. Je répète...

Image provenant du vidéo-casque du killer 4.

Heure légale 21:45.

Le killer 4 se dégage de la zone d'ombre où il avait trouvé refuge et s'approche doucement du killer 2. Gros plan sur le visage grimaçant du killer étendu à terre.

– Calme-toi, je reviens de suite, lui souffle le killer 4.

Il se dirige vers Allan qui est allongé sur le dos. Un filet de sang coule au coin de sa bouche. Un gant se pose sur sa poitrine.

– Il a son compte, commente le killer 4.

Image provenant du vidéo-casque du killer 5.
Heure légale 21:47.

Loween, à terre, grimace de douleur. Elle se tient la cheville droite. Une arme est pointée sur elle.

– Ici killer 5, j'ai trouvé la cible.

Jason apparaît sur l'écran.

– Vous n'allez pas faire ça ? dit-il. Vous n'allez pas l'abattre de sang-froid ?

– Tes amis ne se sont pas gênés pour mettre mes copains en pièces, répond l'homme.

Soudain, Jason se précipite sur le killer, mais celui-ci le repousse et lui assène un coup de crosse sur le front. Jason bascule à terre en gémissant.

Image provenant du vidéo-casque du killer 4.
Heure légale 21:49.

– Killer 4 au rapport. Allan est mort et le killer 2 salement touché. Je monte sur le toit pour aider killer 3. Je demande intervention de l'hélicoptère pour évacuation immédiate !

Image provenant du vidéo-casque du killer 5.
Heure légale 21:51.

Son arme pointée sur Loween, le killer 5 s'exprime d'une voix calme :

– Vas-y, cours ! Je compte jusqu'à dix.

Loween hésite, se redresse péniblement et s'éloigne en claudiquant.

Le killer commence le décompte. À dix, une lueur fulgurante illumine l'écran. Quand la netteté revient, le corps de Loween est étendu sur le sol et Jason hurle.

Image provenant de la caméra de plateau.
Heure légale 21:53.

Mélanie apparaît à l'image. Les six vignettes se réunissent pour n'en faire qu'une et les textes des nouveaux couplets défilent tandis que le générique de l'émission retentit en fond sonore.

Sept fuyards avaient trouvé refuge sur les quais
Allan voulut jouer au héros
Le killer quatre lui fit la peau
Et il ne resta plus que six petits évadés!

Six ados délinquants étaient en cavale désespérée
Loween fut la quatrième nominée
D'une décharge d'amplitude trois dans le dos
elle fut éliminée
Et il ne resta plus que cinq misérables rescapés!

Vous pouvez dès à présent
télécharger les deux nouveaux couplets
sur votre disque matrice
en vous connectant via la prise intramodem
de votre plasma-écran.

Prix de la connexion : 2,20 énergie-euros/minute.

Ensuite l'image s'estompa pour laisser place à un tunnel publicitaire. Une compagnie bancaire proposait une assurance-vie à des conditions très avantageuses.

33

Dimanche 19 juillet 2057.
Gare centrale de Paris intra-muros.

La gare centrale regorgeait de monde. Les départs en vacances y étaient pour beaucoup, mais c'était surtout la loi dite de Rouillet qui avait contribué à saturer les grands centres de communication de l'État-Maître.

(Suite à la vague d'attentats que connut l'Europe, notamment les attentats perpétrés dans les transports en commun, Jacques Rouillet, un député du Parlement européen, proposa un texte de loi visant à interdire les ventes de billets via supranet. À la surprise générale, cette loi fut votée par le Congrès. À partir de 2049, il devint impossible d'acheter un titre de transport sans se présenter à un guichet muni de son visa holographique, chaque billet étant nominatif. Cette décision relança l'emploi dans le secteur des transports, mais eut pour effet de transformer les gares routières et ferroviaires de l'État-Maître, ainsi que les nombreux aéroports, en de gigantesques fourmilières humaines.)

Arthus parvint, en jouant des coudes, à atteindre un guichet.

– Bonjour, dit-il en présentant son visa holographique, je voudrais une place sur le prochain train à vitesse sonique pour la République Libre de Marseille.

– Ma parole, râla l'employée, qu'est-ce que vous avez tous à vouloir aller là-bas ? C'est ce jeu débile qui vous tourne la tête ?

Arthus regretta de ne pas avoir affaire à une vendeuse-clone qui se serait contentée d'effectuer son travail sans le moindre commentaire.

– Oui, sans doute, répondit-il en s'emparant de la clé d'accès au quai que lui tendait la femme, la télé rend fou !

34

Dimanche 19 juillet 2057. 19 heures.
Siège de Réal-TV Europa 29.

Dimitri Sastinov arriva tout sourire en salle de conférence, suivi de près par une Mélanie radieuse. Harmance Gustin se pencha discrètement vers Andros.

– Les taux d'audience doivent être excellents, murmura-t-elle.

– Et il a sans doute passé l'après-midi avec elle, on va avoir droit à une réunion hyper tranquille ! souffla-t-il à son tour.

Le directeur de la chaîne prit place en bout de table.

– Pour commencer, je vous annonce que l'émission d'hier a battu tous les records d'audience ! Nous pouvons donc augmenter les tarifs de publicité...

Sastinov se tourna vers le responsable de la régie publicitaire qui approuva d'un geste de la tête.

– De plus, un sponsor officiel va désormais parrainer notre jeu.

Andros Leccha leva la main pour demander la parole.

– Est-il indiscret de connaître son nom ?

– Pas du tout. Dès lundi l'émission sera sponsorisée par funeraire.com.

Il y eut un silence glacial. Harmance fut la première à réagir.

– Mais... c'est... un service de pompes funèbres !

– Oui, sourit Sastinov, où est le problème ?

À nouveau un silence pesant régna sur la salle.

– Et comment se portent nos killers ? questionna une assistante d'une voix timide.

– Nous avons préparé un communiqué de presse à ce sujet, répondit Ornélia Nundy. La femme a eu le nez et la mâchoire fracturés, l'homme s'en sort avec une clavicule brisée et une brûlure au troisième degré. Bien entendu, la chaîne prend en charge tous leurs frais médicaux.

– Bien entendu, reprit Harmance d'une voix ironique.

La remarque n'échappa pas à Sastinov.

– Que vous arrive-t-il ma chère ? Votre conscience vous démange subitement ?

Harmance ne prit pas la peine de justifier son attitude.

– Bien, continua-t-il comme si de rien n'était, je tenais aussi à vous informer personnellement qu'une prime exceptionnelle vous sera versée en fin de mois.

À cet instant, les portes s'ouvrirent et des hôtesses-clones apparurent portant des plateaux.

– Champagne ! cria quelqu'un.

Dégoûtée, Harmance s'apprêtait à quitter la salle lorsque Andros la retint discrètement par la manche.

– Ne fais pas l'idiote, lui souffla-t-il à l'oreille, pense à ton avenir...

35

Lundi 20 juillet 2057. 18h32.
Un vidéo-écran-bar
de la République Libre de Marseille.

Merril Faustopin fixait Arthus sans comprendre.

– Que veux-tu que je te dise ? Tu débarques comme ça, sans prévenir, tu m'annonces que tu es le véritable concepteur de ce jeu merdique, que Miramar Fondeau est un imposteur et qu'il faut absolument que je t'aide à faire éclater la vérité...

Arthus et Merril s'étaient connus en 2048 sur les bancs de l'euro-faculté des métiers de l'audiovisuel et, bien que leurs chemins se soient éloignés au fil du temps, l'amitié qui les liait était demeurée intacte.

Merril Faustopin était depuis deux ans le rédacteur en chef de *République Plus*. (République Plus *avait pris la succession de* La Provence *dans le cœur des Marseillais, à cette différence près qu'il ne s'agissait plus d'une version papier mais d'un journal réalisé en images de synthèse et articles tridimensionnels. Il suffisait de s'abonner pour le recevoir directement sur un mini plasma-écran pliable. Le journal était réactualisé chaque minute, ce qui en faisait une mine d'or pour les traqueurs de scoops. Le RP, comme on le surnommait dans le métier, était un véritable laboratoire d'essai pour la presse du futur.)*

– Réponds juste que tu vas m'aider, murmura Arthus, cela me suffira.

– Pourquoi moi ?

– Parce que tu es mon ami, parce que tu es rédacteur en chef de *République Plus* et parce que tu es au bon endroit au bon moment. Actuellement, tout le monde a les yeux tournés vers Marseille.

Merril secoua la tête et désigna les clients de l'établissement qui fixaient le gigantesque plasma-écran suspendu en fond de salle.

– Tu te trompes, Arthus, observe-les. Ce sont les écrans qu'ils regardent, pas la ville !

– Il faut qu'ils sachent, Merril, il faut que tu leur dises que c'est moi le véritable créateur du jeu.

Le rédacteur en chef tapa d'un poing rageur sur la table, renversant un verre au passage.

– Tu n'as donc pas compris ? Les gens se moquent de ton histoire ! Tout ce qu'ils demandent, ce sont des jeux. Les Romains appliquaient déjà la recette avec les gladiateurs.

Arthus ne répliqua pas et, pendant quelques instants, seule la voix de Mélanie emplit l'espace sonore.

– Ce que tu as contribué à créer, reprit Merril d'un ton plus calme, ce sont les jeux du cirque des temps modernes. Pas de quoi être fier à mon avis, pas de quoi claironner sur tous les toits que tu en es l'inventeur !

Arthus baissa la tête, accablé.

– Que dois-je faire alors ?

Merril posa une main chaleureuse sur l'épaule de son ami.

– Tu vas d'abord prendre du repos. J'ai envie de retrouver l'Arthus Gappa que j'ai connu à Nice, sourit le journaliste.

Soudain, une clameur s'éleva dans la salle. Arthus et Merril levèrent les yeux vers le plasma-écran.

On y voyait des Africains être expulsés de leurs appartements sans ménagement par les forces de l'ordre. Mélanie commentait les images en temps-réel-direct.

– La communauté africaine de la République Libre de Marseille s'était mobilisée pour venir en aide à Amina. Aujourd'hui, les policiers ont interpellé plusieurs dizaines de personnes soupçonnées d'avoir soutenu la fuite de notre candidate...

Merril se gratta le sommet du crâne en prenant une expression désespérée.

– Voilà qui va singulièrement calmer les ardeurs humanitaires des habitants de notre cité.

– Les Marseillais n'accepteront pas longtemps d'être traités ainsi ! s'exclama un homme au comptoir.

Le rédacteur en chef sourit de façon laconique.

– Rien n'est moins sûr. La dernière traque a cassé la baraque en termes d'audience et les touristes débarquent par milliers. Les commerçants sont aux anges.

– Et quand le commerce va, tout va ! souffla Arthus.

– Car l'argent gouverne même les Républiques Libres, acheva Merril Faustopin.

36

Mardi 21 juillet 2057. À la tombée de la nuit.

Le ciel était couleur sang au-dessus de la République Libre de Marseille. Une manière de rappeler à la ville qu'elle ne sortirait pas indemne de cette mascarade.

Amina longeait les quais et un sentiment de solitude extrême l'envahissait.

Malgré l'heure tardive, les rues grouillaient de monde, mais personne ne lui prêtait la moindre attention.

« Je suis devenue invisible, pensa-t-elle, je n'existe plus aux yeux des vivants. »

Si parfois des hommes se retournaient sur son passage, c'était pour conserver pendant quelques secondes encore la vision éphémère de sa beauté.

Pas pour lui parler.

« Je ne suis plus qu'un corps vide, se dit-elle. J'ai perdu mon âme. »

Amina était pourtant sûre que parmi tous les passants certains mettaient un prénom, une histoire sur son visage. Mais aucun ne prendrait le risque de l'aider après ce qu'il était advenu aux membres de la communauté qui avaient osé se montrer charitables envers elle.

« Que je sois la prochaine nominée n'a plus d'importance. Je n'ai pas d'avenir... »

Amina se pencha au-dessus des eaux noires du Vieux-Port. Son beau visage s'y reflétait, se balançant au rythme des ondulations de la mer.

« Une dernière danse », pensa-t-elle en souriant.

Puis elle ferma les yeux et bascula en avant.

37

Mercredi 22 juillet 2057. 8 heures.
Salle de rédaction de République Plus.

Merril Faustopin entra en trombe dans le bureau, faisant sursauter Arthus Gappa qui s'était légèrement assoupi au fond d'un vieux fauteuil en croûte de cuir.

– Debout mon pote, aboya-t-il, une info vient de tomber. Tu viens avec moi, ça devrait t'intéresser...

Arthus se frotta les yeux. Deux jours déjà qu'il se morfondait à Marseille, traînant sa carcasse comme une enveloppe vide.

– Que se passe-t-il ? demanda-t-il en s'étirant.

– On a retrouvé Amina. Morte.

– Comment ça, morte ? C'est impossible, elle n'a pas encore été nominée !

Son ami le foudroya du regard.

– Il n'y a pas que dans ton jeu que les gens meurent ! Dans la vie, cela arrive aussi.

– Tu as raison, soupira Arthus, allons-y.

Vingt minutes plus tard, ils atteignaient le port. Malgré l'heure matinale, une foule compacte, que les forces de l'ordre avaient le plus grand mal à maintenir à distance, s'agglutinait sur le quai.

Merril Faustopin n'eut pas à exhiber sa carte de presse pour franchir le cordon de sécurité. Par contre, celui-ci se referma devant Arthus. Le rédacteur en chef revint sur ses pas.

– C'est bon, lâcha-t-il en souriant, laissez-le passer, il est avec moi !

Il prit Arthus par le bras et l'entraîna vers le ponton en contrebas. Au passage, il salua quelques personnes d'un signe amical de la main. Tandis qu'ils approchaient, un effluve de mort, reconnaissable entre tous, porté par la légère brise matinale, atteignit Arthus. Il respira par la bouche, tandis qu'un souvenir profondément enfoui resurgissait à sa mémoire.

– Ça ne va pas ? lui demanda Faustopin.

– L'odeur, répondit Arthus.

Ils arrivèrent enfin à proximité du corps sur lequel le médecin légiste procédait à des prélèvements.

Une vision d'horreur s'offrit alors à eux.

Le beau visage d'Amina était défiguré et son corps brûlé par l'acide. Aussitôt Arthus fut pris d'une violente nausée. Il s'éloigna rapidement et vomit au bout du ponton.

Quand ses haut-le-cœur s'apaisèrent, il demeura prostré tel un pantin privé de ses fils, les yeux noyés de larmes.

Une main amicale se posa sur son épaule.

– La mort est toujours un spectacle difficile à affronter, soupira Merril, tu viens d'en faire la douloureuse expérience.

– Ce qui est arrivé est ma faute, poursuivit Arthus en s'essuyant du revers de la manche, il faut à tout prix arrêter ce massacre !

– Que décides-tu ?

– Je vais réparer mes erreurs, affirma Arthus en se redressant, et sauver ce qui peut l'être encore !

38

Mercredi 22 juillet 2057. 10 heures.
Appartement de Dimitri Sastinov.

Le patron de Réal-TV Europa 29 consultait les parts d'audience sur son audiomètre personnel lorsque l'écran de son visiophone clignota. Il se connecta d'une main distraite.

– Oui ?

– C'est moi.

– Comment allez-vous ? demanda Sastinov en tentant de camoufler l'émotion qui le submergeait.

– Pas très bien à vrai dire. Je suppose que vous avez appris le décès de votre concurrente ?

– Oui, je suis au courant. C'est juste un incident de parcours, rassurez-vous...

– J'ai au contraire l'impression que la situation vous échappe totalement !

– Pas du tout, tenta Sastinov, mais sa voix manquait de conviction. Nous respectons les délais. Les suicides d'Amina et de Kevin ainsi que la mort d'Allan vont même nous faire gagner deux semaines...

Son correspondant lui coupa sèchement la parole.

– Il y a eu le meurtre du killer, puis l'évasion, le carnage en direct de la dernière traque et maintenant ce cadavre que l'on retire du port de Marseille. Bon sang, Sastinov ! Que se passe-t-il ?

– Mais rien ! Je vous assure...

La voix se fit menaçante.

– Vous avez été grassement payé pour mener votre mission à terme, en cas d'échec vous êtes un homme fini ! Vous avez ma parole. Je vous briserai !

La communication fut interrompue sans cérémonie.

Le regard perdu dans le vide, Dimitri Sastinov déconnecta l'appareil.

39

Mercredi 22 juillet 2057. 18 h 30.
Salle de rédaction de République Plus.

Quand Merril Faustopin pénétra dans le bureau, un immense sourire illuminait son visage. Il s'approcha d'Arthus Gappa qui somnolait dans le vieux fauteuil en cuir et le secoua légèrement par la manche.

– Allez debout, réveille-toi !

Arthus ouvrit péniblement un œil.

– Décidément, ça devient une habitude, marmonna-t-il, chaque fois que je m'endors, tu surgis avec une bonne raison pour me tirer de mes rêves. Qu'y a-t-il cette fois ?

– On les a repérés !

– Déjà ? s'étonna Arthus, tu es une sorte de magicien ou quoi ?

– Non, juste un professionnel qui a d'excellents contacts. Un de mes informateurs vient de m'appeler, précisa le rédacteur en chef. Lolita, Romain, Ketty et Jason se terrent actuellement dans la cave d'un immeuble de la rue Fortia. D'après mon informateur, ils ont le moral à zéro.

– Mais comment s'alimentent-ils ? s'inquiéta Arthus.

– Malgré les risques encourus, certains habitants de l'immeuble leur descendent de la nourriture en cachette, expliqua Merril en allumant le plasma-écran fixé au mur.

– Avec tout ça, on a raté la première partie de *Game Over*.

Mélanie exultait à l'écran.

– Décidément, il se passe toujours quelque chose dans notre émission !

Elle s'essaya à prendre un air mystérieux.

– Mais je ne vous en dis pas plus... Regardez et écoutez plutôt ! murmura-t-elle en pointant son index en direction des téléspectateurs.

Aussitôt les paroles du nouveau couplet s'inscrivirent sur l'écran, tandis que retentissait l'extrait musical le plus téléchargé du moment.

Cinq fugitifs se cachaient dans la cité
Amina par les autres abandonnée
Dans les eaux du Vieux-Port préféra se noyer
Et il ne demeura que quatre petits évadés.

Vous pouvez dès à présent télécharger
le nouveau couplet sur votre disque matrice

en vous connectant via la prise intramodem
de votre plasma-écran.

Prix de la connexion : 2,50 énergie-euros/minute.

Ensuite l'animatrice commenta les images qui défilaient à l'antenne.

– C'est ce matin à 7 h 37 précises que les autorités de la République Libre de Marseille ont repêché le corps de notre malheureuse candidate flottant dans les eaux du Vieux-Port.

Mélanie laissa volontairement passer quelques secondes de silence afin de permettre aux téléspectateurs de digérer cette nouvelle information, puis reprit son monologue.

– D'après le dernier communiqué des forces de l'ordre, la thèse du suicide ne fait aucun doute... Je vous rappelle que cette séquence vous est offerte par les montres digitales Swissland-24 ! conclut-elle en souriant.

Il y eut soudain une musique grandiloquente et l'image virtuelle masquant le fond du plateau s'effaça, découvrant une invitée mystère. Les projecteurs se braquèrent sur elle.

– Pour parler avec nous de ce rebondissement incroyable, j'appelle notre célèbre psychologue. Mesdames, messieurs, un triomphe à Amaurie Modinore !

Les spectateurs présents dans le studio d'enregistrement se levèrent et applaudirent à tout rompre.

Arthus Gappa prit l'infracommande des mains de son ami et éteignit le plasma-écran d'autorité.

– Quand pourrai-je les rencontrer ? demanda-t-il en s'extirpant du fauteuil.

– Je vais voir avec ma source, mais je pense que demain matin ça devrait être possible.

– Parfait. Il n'y a plus qu'à espérer qu'il ne leur arrive rien de fâcheux durant la nuit !

40

Jeudi 23 juillet 2057. 10 heures.
Rue Fortia.

Merril désigna un homme de petite taille qui patientait sur le trottoir d'en face. Il était affublé d'un chapeau orné d'une plume de paon et d'une ridicule paire de lunettes roses.

– C'est Gonzague, mon informateur, dit-il à Arthus.

Les deux hommes traversèrent la rue pour aller à sa rencontre. Merril fit les présentations.

– Alors c'est vous qui avez eu l'idée de ce jeu, grimaça Gonzague, je ne vous félicite pas !

– Ça suffit, intervint Merril, il n'est pas venu pour écouter tes leçons de morale !

– Ils sont toujours là ? demanda Arthus.

– Oui, ils n'ont pas bougé depuis lundi. C'est au numéro 52, vous sonnez chez Rougel qui est au courant et vous ouvrira. Ensuite vous descendez au sous-sol, cave numéro 7.

Merril serra la main de Gonzague en y glissant discrètement une carte d'énergie-euros.

– Merci, à bientôt.

L'informateur s'éloigna tandis qu'Arthus se tournait vers Merril.

– Étrange personnage. Gonzague... L'ordinateur lui a vraiment attribué un tel prénom ?

– Pas du tout, en vérité il s'appelle Araspède Moppi. Gonzague, c'est pour les dames. D'après lui, ça les rend folles...

Arthus éclata de rire et ce fut comme une libération. Il réalisa soudain qu'il n'avait pas ri de si bon cœur depuis très longtemps.

– Allons-y, dit-il.

Arthus pénétra le premier dans la cave. Jason était assis dans un coin, une vilaine plaie sur le front témoignait de sa dernière rencontre avec les killers. Lolita se tenait près de lui, son ours fétiche posé sur ses genoux. Romain et Ketty, allongés l'un contre l'autre, semblaient dormir. Au centre de la pièce, les restes d'un repas étaient éparpillés à même le sol.

– Qui êtes-vous ? demanda enfin Ketty d'une voix lasse.

– N'ayez pas peur, répondit Merril, nous sommes des amis.

– De quoi voudriez-vous que nous ayons peur après ce qui nous est arrivé ? questionna Jason en se redressant péniblement. La mort nous fauche un à un sans que nous puissions rien faire. Existe-t-il quelque chose de plus effrayant d'après vous ?

Arthus pensa qu'il existait sûrement des choses qui l'effrayaient bien plus que la mort, mais il s'abstint de répondre.

– Vous avez apporté à manger ? murmura faiblement Lolita, j'ai faim...

Arthus réalisa qu'ils étaient venus les mains vides.

– Désolé, répondit Merril, nous n'avons rien à vous proposer. Du moins pour l'instant...

Ketty tapota légèrement l'épaule de Romain. Ce dernier se retourna en grognant.

– Réveille-toi ! On a de la visite.

Tandis que Romain émergeait, Jason s'approcha des deux hommes en chancelant. De près sa plaie paraissait infectée. Arthus nota qu'il faudrait le soigner au plus vite.

– Que voulez-vous alors ? demanda Jason.

– On va vous emmener avec nous, vous remettre sur pied, ensuite nous parlerons.

Le rédacteur en chef s'approcha de son ami et murmura à son oreille :

– J'espère que tu sais ce que tu fais. On risque la prison.

Arthus le rassura d'un geste de la main.

– Et pourquoi feriez-vous ça ? demanda Romain qui était parfaitement réveillé maintenant et les fixait d'un air méfiant.

– C'est une longue histoire, soupira Arthus.

– Racontez-la, le pria Romain d'un ton ironique, nous avons tout notre temps.

– Allons d'abord chez moi, proposa Merril, nous y serons mieux. Vous pourrez vous restaurer, vous laver et…

– C'est bon ! l'interrompit Jason. On vous suit.

– Perdus pour perdus, soupira Ketty, autant mourir le ventre plein…

41

Jeudi 23 juillet 2057. 13h38.
Appartement de Merril Faustopin.

Arthus parlait depuis plus d'un quart d'heure, bien décidé à tout avouer et aucun des concurrents ne l'avait interrompu.

– J'ai appris par la suite que Sastinov avait longtemps hésité avant de me donner le feu vert. Il trouvait le projet tellement fou qu'il m'a un moment soupçonné d'être un militant anti-télé chargé d'infiltrer le système pour le combattre.

– Proposer une émission si perverse que même les plus sceptiques reconnaîtraient qu'on avait dépassé les limites ? commenta Merril.

– En quelque sorte, reprit Arthus, sauf que je n'étais envoyé par personne. Je ne roulais que pour moi. Lorsque Sastinov a été convaincu de ma bonne foi, il a tout fait pour que le projet aboutisse.

– Que s'était-il passé ? demanda Ketty.

– Je l'ignore. Toujours est-il que l'émission a vu le jour en quelques semaines. Vous connaissez la suite.

Romain lui jeta un regard mauvais.

– Si Allan était là, il vous casserait la figure !

Ketty pensa que, de son vivant, Allan n'avait cessé de harceler le pauvre Romain mais que, désormais, c'était sans doute à lui qu'il manquait le plus.

Arthus baissa la tête sans répondre.

– Pourquoi voulez-vous nous aider subitement ? s'inquiéta Ketty.

La voix d'Arthus devint un murmure :

– Quand j'ai vu Amina sur le ponton, un souvenir que je pensais à tout jamais enfoui dans ma mémoire a resurgi. J'avais douze ans lorsque ma meilleure amie a disparu. C'est moi qui ai retrouvé son corps au fond d'un ravin après deux jours de recherches. Il flottait dans l'air la même odeur de mort.

Cynique, Jason lui lança :

– Dommage qu'on n'ait pas encore recréé l'odeur de la mort pour les messages publicitaires olfactifs de votre jeu !

À nouveau le silence retomba. Les adolescents regardaient avec effarement celui qui se présentait à la fois comme leur bourreau et leur sauveur.

– Voilà, vous savez tout, poursuivit Arthus au bord des larmes. Vous pouvez penser ce que vous voulez, mais désormais votre survie est pour moi une question d'honneur.

– Espèce de salaud ! hurla Ketty.

– T'es qu'une ordure ! jeta Romain.

Merril Faustopin intervint.

– Hé, on se calme ! Ce n'est pas comme ça qu'on s'en sortira.

– Il a raison, ça suffit ! déclara Jason. Si cet homme représente notre unique chance de sauver notre peau, ce serait trop bête de la laisser passer.

Ketty et Romain acquiescèrent. Jason se tourna vers Lolita.

– Et toi Lolita Baby, qu'en penses-tu ?

Lolita ne prononça pas la moindre parole, elle se contenta de dresser son pouce vers le plafond.

– OK, dit Jason, on marche avec vous. Que voulez-vous qu'on fasse ?

– En priorité, il faut trouver quelle est l'astuce qui leur permet de vous localiser, proposa Arthus. Tâchez de vous souvenir... Est-ce qu'un truc vous aurait semblé bizarre ? Le moindre détail a son importance...

À cet instant, Merril déboula avec un plat tout juste sorti du four.

– Attention, chaud devant !

De sa main libre, il déplaça l'ours de Lolita qui traînait sur la table afin d'y poser le plat.

– C'est quoi cette horreur sans bras ? demanda-t-il d'un air surpris.

Lolita se précipita.

– Ce n'est pas une horreur d'abord, déclara-t-elle d'un ton très digne, c'est mon porte-bonheur pour le jeu. C'est le monsieur au cigare qui me l'a dit.

Arthus se figea, puis se précipita vers la fillette et la secoua énergiquement.

– Qu'as-tu dit ? Répète ta dernière phrase !

Mais Lolita, terrorisée, resta muette. Jason s'approcha d'Arthus et l'obligea à lâcher prise.

– Du calme ! Ce n'est qu'une enfant.

– C'est un homme fumant le cigare qui lui a offert l'ourson, vous n'avez pas entendu ce qu'elle vient de vous dire ? s'énerva Romain.

– Quand ça ? questionna Arthus sans tenir compte de l'intervention de Romain. Je t'en prie Lolita, essaie de te souvenir. C'est important !

– Fais un effort, murmura Jason en lui souriant.

Lolita le fixa de ses yeux remplis de larmes et bafouilla :

– C'était à la prison… lorsque j'ai signé pour le jeu. Il est venu… euh… dans ma cellule et m'a donné la peluche. Il m'a dit… qu'elle me porterait bonheur à condition que je ne me sépare jamais d'elle…

Soudain, Arthus s'empara de l'ourson et se précipita dans la cuisine, suivi par Jason.

– Hé, attendez un moment ! Qu'est-ce que vous fabriquez ?

Mais déjà Arthus faisait volte-face, un couteau entre les mains, stoppant net l'élan de l'adolescent.

– Arthus, tout va bien ? s'inquiéta Merril.

– Tout va très bien, répondit Arthus en regagnant la salle à manger. Du moins si je ne me suis pas trompé.

Il posa l'ourson à plat sur la table et, s'aidant du couteau, lui ouvrit le ventre. Une pièce métallique en émergea.

– Qu'est-ce que c'est ? demanda Lolita éberluée.

– C'est une micropuce, expliqua Arthus, une balise qui émet un signal permanent. Voilà comment ils vous localisent.

– Qui est l'homme au cigare ? questionna Jason. Vous semblez le connaître.

– Il s'appelle Dimitri Sastinov, c'est le directeur de Réal-TV Europa 29.

Le rédacteur en chef examina la puce.

– Vous croyez qu'ils peuvent nous entendre ? s'affola Ketty.

– Non, c'est juste un émetteur, confirma Merril.

– Mais pour quoi faire ? Ce n'était pas difficile de nous localiser sur l'île.

– Je ne sais pas, souffla Arthus, il y a quelque chose qui m'échappe.

Ketty s'empara de la puce à son tour.

– Maintenant qu'ils ne peuvent plus nous localiser, nous allons quitter Marseille.

– Ça ne sera pas facile, précisa Merril, les autorités contrôlent les sorties de la ville et le port.

Arthus se tourna vers son ami. Un sourire carnassier illuminait son visage.

– Te souviens-tu de mon occupation favorite lorsque nous étions en fac d'audiovisuel ?

– Parfaitement, sourit Merril, tu draguais toutes les filles du campus.

– Sois sérieux trente secondes…

Le journaliste se concentra.

– Si je me rappelle bien, tu prenais des cours de pilotage.

– Parfaitement.

Le visage de Merril s'éclaira.

– Mais bien sûr, la voie des airs !

42

Jeudi 23 juillet 2057. 18 heures.

Le message du sponsor officiel de *Game Over* claqua comme un coup de fouet :

Avec funeraire.com
suivez votre jeu favori
en toute sérénité.

Et Mélanie apparut à l'écran, rayonnante de joie.

– Bonsoir, fidèles téléspectateurs ! Aujourd'hui, nous avons des images exceptionnelles à vous montrer ! Mais je n'en dis pas plus, regardez plutôt !

Commencèrent à défiler des prises de vue réalisées par les caméras de surveillance de la République Libre de Marseille à divers moments de la journée. Des gens se promenaient en toute quiétude dans les rues de la cité. De temps en temps, un cercle rouge se posait sur un visage. Le nom de l'identifié s'inscrivait alors à droite de l'écran.

– Comme vous pouvez le constater, déclara la présentatrice avec candeur, il semblerait que nos concurrents aient quitté leur tanière et se soient éparpillés à travers la ville...

Un plan de la cité s'afficha à l'écran. Les candidats, représentés sous forme holographique, suivaient le trajet reconstitué d'après les données fournies par les caméras de contrôle.

La voix off de Mélanie commentait les images.

– Notez que les candidats progressent vers une destination identique qui semble être celle du quartier du Panier. Ils disparaissent tous aux alentours de 11 h 30.

Dans son appartement de la rue du Refuge, un nom prédestiné pour la circonstance, le rédacteur en chef poussa un soupir de soulagement.

– Ouf, mon visage n'apparaît sur aucune des images !

– Pour l'instant tout fonctionne comme prévu, ajouta Arthus.

– Que va-t-il se passer ensuite ? demanda Jason.

– Une partie d'échecs est en train de se jouer. L'adversaire pense avoir un coup d'avance sur nous, il faut le laisser approcher en toute confiance. Alors nous attaquerons.

– C'est bien connu, rigola Romain, les fous sont toujours imprévisibles !

43

Jeudi 23 juillet 2057. 20 heures.

Dimitri Sastinov avait réuni l'équipe dirigeante de *Game Over*. Il se pencha vers le pupitre de commande et aboya à l'attention du réalisateur :

– Repassez-moi les images de la rue des Moulins, j'ai besoin de vérifier un truc...

Le réalisateur s'exécuta et des visages blafards défilèrent sur l'écran géant.

– Voilà Lolita Baby, s'exclama Ornélia Nundy en pointant la partie supérieure de l'image.

Sastinov fut soulagé lorsqu'il aperçut l'ourson dans la main gauche de Lolita. Soudain, Miramar Fondeau se dressa comme s'il avait vu le diable en personne.

– Un moment, cria-t-il, arrêtez !

Dans la seconde qui suivit, le réalisateur figea l'image. Miramar Fondeau s'approcha de l'écran et désigna une silhouette qui se tenait en retrait dc la candidate.

– Cette personne qui semble suivre Lolita, c'est...

Il ne termina pas sa phrase, Sastinov s'en chargea pour lui.

– Arthus Gappa ! Que fait-il là-bas ?

Harmance Gustin esquissa un sourire discret. Le concepteur du jeu remontait dans son estime.

44

Vendredi 24 juillet 2057. 18 h 07.

Le volume tonitruant du tunnel publicitaire tira Arthus de sa torpeur. Il se leva pour aller chercher une boisson fraîche à la cuisine.

– Vous voulez quelque chose ? demanda-t-il au groupe d'adolescents éparpillés à travers la pièce.

– S'il reste du thé à la menthe, répondit Romain sans quitter l'écran des yeux, je suis preneur.

– Champagne pour moi ! plaisanta Ketty. Et caviar pour les autres !

– Je mangerais bien un truc salé, déclara Jason.

– Pareil pour moi, ajouta Lolita.

– J'aurais mieux fait de fermer ma grande bouche, râla Arthus en ouvrant le frigo.

Mais en fait, il se sentait mieux. Il avait réussi à leur redonner espoir et c'était déjà beaucoup.

Il préparait un jambon-beurre pour Jason lorsque la voix de ce dernier résonna dans le salon :

– Venez vite, on va connaître le nominé de la semaine !

Mélanie fit de son mieux pour ménager le suspense le plus longtemps possible.

Après une demi-heure de rappels inutiles et un long tunnel publicitaire, elle annonça enfin :

– Cette semaine vous avez été moins de six pour cent à voter en faveur de… Romain !

Le pauvre Romain manqua s'étouffer en entendant son nom. Il propulsa sur le plasma-écran le mélange biscuit-thé qu'il était en train d'ingurgiter. Arthus repartit en cuisine à la recherche d'une éponge.

– Pourquoi moi, se lamenta Romain, pourquoi m'ont-ils choisi ?

Jason lui tapota gentiment le sommet du crâne.

– Ne t'inquiète pas, il ne t'arrivera rien.

45

Samedi 25 juillet 2057. 21 heures.

Le bruit assourdissant des turbines hydrauliques d'un hélicoptère en approche retentit dans le ciel de Marseille.

– Les voilà, annonça Ketty, ils arrivent !

– Pourvu que ça marche, marmonna Arthus.

Jason lui sourit.

– Ça va marcher, dit-il, j'en suis sûr.

Le copilote se tourna vers Floston, le chef d'escadre, qui donnait ses dernières consignes aux killers.

– Arrivée sur le site dans moins d'une minute. L'atterrissage est prévu dans la cour de la Vieille-Charité, car le lieu où les évadés ont été localisés est peu accessible.

– C'est un monument classé historique et un musée d'arts primitifs, précisa Floston, faites gaffe quand même…

Le pilote de l'hélicoptère éclata de rire.

– C'est promis, je veillerai à ce que les rotors n'abîment pas trop les sculptures.

L'appareil amorça un virage serré en frôlant le toit des maisons.

– Arrivée sur site prévue dans vingt secondes, annonça le copilote.

Arthus fit signe aux adolescents de s'accroupir derrière les piliers de granit couleur ocre.

– Comment avez-vous su qu'ils allaient lâcher les killers ici ? lui demanda Ketty en se mettant à couvert.

– C'est le seul endroit dans le secteur où un hélico peut se poser sans risquer la casse, répondit Arthus en souriant.

– Le moment de vérité est arrivé, murmura Jason.

Et il cligna de l'œil en direction de Lolita qui se sentait un peu perdue sans son ourson.

46

Samedi 25 juillet 2057. 21 h 10.

Arthus s'empara du micro-émetteur-récepteur prêté par Merril. Romain le regardait d'un air inquiet.

– J'espère que vous n'avez pas oublié les coordonnées des fréquences ni les modes opératoires, lui demanda-t-il enfin.

– C'est moi qui ai inventé ce jeu, répliqua Arthus, j'en connais les moindres détails.

Il n'avoua pas à Romain que, la veille, il avait appelé Harmance et qu'elle lui avait appris que les procédures avaient été changées après son départ. Elle lui avait communiqué les nouvelles fréquences ainsi que les nouveaux modes opératoires sans réticence. Arthus avait apprécié le geste, il savait qu'elle jouait gros en lui fournissant ces informations. Mais il savait aussi que c'était pour elle une manière d'apaiser sa conscience.

Le micro-émetteur-récepteur de Merril était équipé d'un brouilleur d'ondes. Utilisé généralement par l'armée, il était depuis quelque temps régulièrement employé par les journalistes dans leur course toujours plus effrénée à l'exclusivité. De fait, Arthus pouvait émettre en étant certain que seuls les destinataires capteraient son appel.

L'hélicoptère se stabilisa à un mètre du sol. Les killers sautèrent les uns à la suite des autres et s'éloignèrent à pas de loup à travers les ruelles du quartier. Les quatre rescapés suivirent la scène en frissonnant. L'hélicoptère s'apprêtait à repartir lorsque Arthus connecta le brouilleur d'ondes, régla la diode de l'émetteur sur la fréquence 88.8, puis déclara d'une voix sèche :

– Ici Autorité à messager du ciel. Ordre prioritaire en attente.

Dix secondes s'écoulèrent, ponctuées d'interminables grésillements. Soudain, la voix de Floston s'éleva :

– Messager du ciel à Autorité. Vous pouvez servir l'ordre prioritaire.

Arthus esquissa un sourire victorieux, il reprit :

– Nous venons d'être informés que le quartier n'est pas sécurisé, possibilité d'agressions envers les killers. Je répète, possibilité d'agressions envers les killers ! Ordre de vous poser immédiatement. Je répète. Ordre de vous poser immédiatement.

Cette fois, la réponse fut instantanée.

– Message reçu cinq sur cinq, Autorité, nous nous posons.

Arthus observa un instant l'appareil qui semblait flotter dans le vide, hésitant entre la montée et la descente, puis ses patins accrochèrent le sol, soulevant des nuages de poussière rouge.

Il attendit que le pilote coupe le contact et que les rotors de l'appareil soient immobilisés avant de lancer :

– Ici Autorité à messager du ciel, vous me recevez ?

– Je vous reçois cinq sur cinq, Autorité, vous pouvez parler.

– Vous devez réceptionner à votre bord un collaborateur de l'émission, identifiant numéro 0045KR, il ne devrait pas tarder à apparaître dans votre champ de vision...

– Bien reçu, nous l'attendons.

« Et voilà, se dit Arthus, pas plus difficile que ça. »

Puis il coupa simultanément le brouilleur et le micro-émetteur-récepteur. Il essuya une goutte de sueur qui perlait à la pointe de son menton, se tourna vers les adolescents et croisa les doigts.

Jason et Ketty lui renvoyèrent son geste, tandis que les deux autres se contentaient de le regarder s'éloigner en direction de l'hélicoptère.

Arthus s'efforça de conserver une allure normale alors qu'il avait la sensation d'avancer sur le fil du rasoir. Quand il atteignit l'appareil, Floston lui jeta un regard soupçonneux.

– Veuillez fournir votre numéro d'identification, je vous prie.

– 0045KR, je suis un assistant de monsieur Sastinov...

Le regard dur du chef d'escadre se transforma en un sourire accueillant.

– Bienvenue à bord, dit-il en lui tendant la main.

Arthus se hissa à l'intérieur de l'hélicoptère, tandis que Floston se penchait à l'extérieur, guettant un éventuel retour précipité des killers.

– Alors, dit-il, il paraît que ça risque de chauffer ce soir ?

Dans un certain sens, Floston avait raison. Sans hésiter, Arthus s'empara de l'arme fixée à sa ceinture et la lui braqua sur la tempe.

47

Samedi 25 juillet 2057.
Quartier du Panier.

Le killer 2 progressait en tête, bien décidé à empocher la prime. Il en avait besoin. Son train de vie élevé, les nombreux crédits engagés, commençaient à lui causer des soucis. Pas une journée sans que sa boîte intranet soit saturée de messages provenant de son banquier lui rappelant son découvert. De plus, les frais de scolarité pour sa fille étaient proprement hallucinants.

(Dans les années 2040, le taux d'échec des élèves de l'école publique devint si important que plus aucun citoyen de catégorie supérieure ne consentit à y inscrire son enfant. Le marché de l'enseignement parallèle se développa alors à une telle vitesse que bon nombre y firent fortune en quelques années.)

Il se retourna. Les autres killers le suivaient de près, de trop près à son goût. Il accéléra, décidé à ne pas se laisser voler sa part du gâteau.

L'adrénaline qui irriguait son corps tout entier lui donnait des ailes. Une arme à la main, courant dans une ville inconnue, il se sentait dans la peau d'un chasseur traquant sa proie. Soudain, sa vie lui paraissait moins vide de sens.

Redoublant d'efforts, il distança ses partenaires.

48

Samedi 25 juillet 2057.
Cour du musée de la Vieille-Charité.

Floston jaugeait Arthus Gappa.

– Vous n'oserez jamais me tirer dessus, lâcha-t-il en fixant Arthus droit dans les yeux.

Ce dernier esquissa un sourire qui en disait long sur sa détermination. D'un mouvement sec, il monta le degré de déflagration d'une amplitude.

– Ne me mettez pas au défi !

Le chef d'escadre renonça à jouer sa vie sur un coup de dés. Il leva les mains en signe de reddition.

– OK, vous avez gagné. Qu'attendez-vous de nous ? demanda-t-il en englobant du regard le pilote et le copilote situés à l'avant de l'hélicoptère.

Le sourire d'Arthus s'agrandit encore.

– De vous, rien. Mais de votre appareil, beaucoup !

Puis il siffla quatre fois à intervalles réguliers. Des ombres surgirent des colonnes. Jason fut le premier à franchir la porte coulissante de l'hélicoptère, bientôt imité par les autres.

Floston ne parvint pas à cacher sa surprise.

– Mais qu'est-ce que c'est que cette embrouille ? Vous avez été localisés beaucoup plus loin !

– C'est la plus belle des embrouilles, fit Romain, celle qui va nous sauver la vie !

Jason attrapa le chef d'escadre par le revers du blouson et le força à descendre de l'appareil. D'un geste, Arthus fit comprendre au pilote et au copilote qu'il était grand temps pour eux aussi de gagner la terre ferme. Puis il mit l'arme entre les mains de Jason.

– Tiens-les en joue pendant que je prends les commandes. Romain, installe-toi à la place du copilote.

Ketty serra Lolita contre elle tandis que Jason refermait la porte coulissante.

– Ça ira ? demanda Arthus à son jeune assistant.

Romain sourit. Il avait assimilé sans mal les informations relatives aux procédures de vol que lui avait apprises Arthus dans l'après-midi. Rassuré, Arthus enclencha plusieurs commutateurs et les rotors de l'appareil entamèrent leur lente rotation.

– C'est dingue, s'écria le pilote, ils me piquent mon hélico !

– Ils ne parviendront pas à le faire décoller ! dit Floston d'une voix sûre.

L'instant d'après l'appareil s'éleva au-dessus de la cour, décrivit un arc de cercle parfait et s'éloigna vers les quartiers nord de la ville.

– Eh bien les gars, soupira le copilote, j'en connais un qui va être furieux...

49

Samedi 25 juillet 2057.
En direct sur des millions de plasma-écrans.

Depuis plus de dix minutes, les abonnés de Réal-TV Europa 29 suivaient le périple des killers dans les ruelles sombres de la ville et rien, dans ce long cheminement, ne leur semblait très motivant.

– Comme vous pouvez le constater, lança Mélanie, le killer 2 caracole toujours en tête…

Elle fit une pause, cherchant ses mots.

– … Ce qui pour l'instant ne lui sert strictement à rien, étant donné que nos anges de la mort n'ont toujours pas croisé âme qui vive.

En régie, le responsable d'antenne se prit la tête entre les mains.

– « Anges de la mort », « âme qui vive » ! explosa-t-il. Mais elle le fait exprès, ma parole !

Les techniciens présents dans la pièce se contentèrent de sourire en silence.

– Allez messieurs, du nerf ! s'écria l'animatrice. Dépêchez-vous de débusquer nos concurrents que l'on s'amuse un peu.

Tout en s'évertuant à rattraper le numéro deux, le killer 3 souffla entre ses dents :

– Du nerf ? Espèce de pouffiasse, j'aimerais bien t'y voir !

Malheureusement pour lui, il avait oublié de déconnecter son micro et sa remarque fut entendue par tout le monde. Sur la vignette d'écran numéro quatre, on vit le killer s'arrêter subitement, pris d'une crise de fou rire incontrôlable.

C'est alors que l'on perçut le bruit d'un hélicoptère volant à basse altitude. Il passa à l'image quelques secondes, survolant le killer 5.

– N'oubliez pas de nous récupérer une fois que nous aurons terminé le boulot, dit celui-ci d'une voix à demi rassurée.

– Pas de problème, on sera là, répondit le pilote.

Le killer 2 ne prêtait pas cas à toute cette agitation, se contentant de progresser le plus rapidement possible vers le point lumineux que lui indiquait sa montre-bracelet. Il déboucha dans une impasse envahie par l'obscurité. D'après les indications fournies par le capteur, la cible devait s'y trouver. Tout en reprenant son souffle, il connecta ses lunettes de vision nocturne et s'avança.

Il entendit le killer 3 arriver dans son dos, bientôt suivi par le killer 1.

« Il faut faire vite, se dit-il, sinon je vais devoir partager ma prime avec ces imbéciles. »

La cible était maintenant localisée à un mètre sur sa gauche. Il pointa son arme vers le capteur à déchet du quartier et en souleva lentement le couvercle.

Le killer 5 débarqua à son tour.

– Que fabrique notre collègue ? demanda-t-il.

– Il fouille les poubelles, répondit le killer 1.

– Il est devenu fou ou quoi ?

Cette remarque eut le don d'agacer prodigieusement le killer 2.

– Vous allez la fermer, oui ou non ? On vous entend à plus de cent mètres à la ronde !

Soudain, il plongea son avant-bras à l'intérieur du conteneur. Après quelques secondes, il en ressortit l'ours de Lolita sur lequel était scotchée la puce électronique et un bout de papier où quelqu'un avait écrit : « ¡ Adios, amigos ! »

Le killer 2 tendit son trophée en direction des autres killers et laissa échapper dans un souffle :

– Les gars, je crois qu'on s'est fait rouler !

50

Dimanche 26 juillet 2057. 9 heures.

Romain courait à travers champs, se retournant fréquemment pour s'inquiéter de la progression des killers. Une colline qui se dessinait dans le lointain lui semblait prometteuse. Elle était couverte d'une forêt si dense que ses poursuivants n'auraient aucune chance de l'y dénicher.

Il accélérait la cadence quand une déflagration d'amplitude quatre déchira le silence du jour naissant, tout près de sa tête.

« Les tricheurs, ils n'ont pas le droit, se dit-il, l'heure légale de la traque est terminée depuis longtemps ! »

Tout en continuant à courir, il évalua ses chances de prendre de vitesse le killer qui était en train de le rattraper sur sa droite, mais il dut admettre qu'elles étaient proches du zéro. Le killer était plus rapide et plus endurant que lui. Romain comprit qu'il n'atteindrait jamais son quinzième anniversaire.

Une deuxième déflagration retentit et il baissa instinctivement la tête. La décharge se perdit dans la nature tandis que le killer continuait à se rapprocher.

Soudain, Romain le vit. À une dizaine de mètres devant lui, le killer avait relevé ses lunettes de vision nocturne et le tenait dans sa ligne de mire. Son bras ne tremblait pas et un sourire vicieux s'était figé au recoin de sa bouche.

– Non ! hurla Romain en se redressant.

Son front était en sueur et son cœur battait la chamade. Il jeta un coup d'œil à la ronde. Les autres dormaient encore, disséminés çà et là à travers le champ de lavande. Pas la moindre trace de killers aux alentours.

Romain souffla lentement. Ce n'était qu'un rêve. Ou plutôt un cauchemar.

51

Dimanche 26 juillet 2057. 10 heures.
Salle de réunion du siège de Réal-TV Europa 29.

Ornélia Nundy adressa un signe aux hôtesses-clones qui déposèrent les principaux quotidiens de l'euro-presse face à ses collaborateurs présents dans la pièce.

– Ne soyez pas étonnés, dit-elle d'une voix fatiguée, les journaux se déchaînent contre nous.

La responsable de la communication avec les médias laissa passer quelques minutes, le temps que ses collègues parcourent les unes. Sastinov balaya la pièce du regard. Nombre d'entre eux manquaient à l'appel.

« Les rats commencent à quitter le navire », pensa-t-il.

– Après avoir porté l'émission aux nues, reprit Ornélia, ils la clouent au pilori. Ils nous accusent d'être responsables de l'évasion de quatre dangereux délinquants et de pervertir les classes supérieures en encourageant le meurtre impuni.

« Ce en quoi ils n'ont pas tort », se dit Harmance en esquissant un sourire discret.

La responsable du département musique venait de parcourir la plupart des euro-journaux et le sentiment général qui s'en dégageait était en effet sans nuance.

L'Alternatif de Milan décrivait la descente aux enfers d'une télé-poubelle désormais irrécupérable. *L'écho de Madrid* stigmatisait le point de non-retour. *Moscou Presse* exigeait de lourdes sanctions contre les initiateurs du jeu. Le *Paris Capital*, enfin, estimait que les séquelles laissées dans l'inconscient collectif seraient désastreuses.

Mais le journal qui semblait détenir le maximum d'informations était sans aucun doute *République Plus*. Le journaliste, un certain Merril Faustopin, y relatait les événements survenus la veille avec un luxe de détails pour le moins surprenant.

Une dispute éclata entre deux collaborateurs à propos des vertus de la presse indépendante. Sastinov se garda d'intervenir. Il venait de constater l'absence de Dorimon Vargas.

– Le traître ! laissa-t-il échapper entre ses lèvres pincées.

Ornélia crut que le directeur de la chaîne s'adressait à elle et s'inquiéta aussitôt.

– Pardon ? Je n'ai pas compris ce que vous venez de dire, monsieur.

Mais Dimitri Sastinov ne répondit pas, il se leva doucement et quitta la salle de conférence sans prononcer la moindre parole.

Un silence pesant envahit la pièce que seule Mélanie osa rompre.

– Quelqu'un peut-il me dire si l'émission continue ? demanda-t-elle.

Andros Leccha se leva à son tour et, fixant la présentatrice dans les yeux, il prit soin de détacher chacun des mots qu'il prononça.

– Pauvre idiote ! Vous ne comprenez vraiment rien à rien !

Puis il sortit.

52

Lundi 27 juillet 2057. 1 heure du matin.

Les fugitifs marchèrent toute la journée, évitant les routes fréquentées. Ils trouvèrent refuge à la tombée de la nuit dans une bergerie abandonnée. Malgré la fatigue et l'heure avancée, aucun d'entre eux ne parvenait à trouver le sommeil. Ils formèrent un cercle autour d'une diode éclairante.

– Que va-t-il arriver maintenant ? demanda Ketty.

– Je suppose que les policiers ont découvert l'hélicoptère que nous avons abandonné, répondit Arthus. Ils doivent nous chercher dans un rayon de cinquante kilomètres à la ronde…

– Ce qui signifie que, si nous restons groupés, dit Romain, nous n'avons aucune chance !

– Je suis d'accord avec lui pour une fois, approuva Jason. Demain chacun partira de son côté. Peut-être que certains pourront passer à travers les mailles du filet…

Mais Arthus avait un autre point de vue et il était fermement décidé à le leur faire partager.

– Je pense au contraire qu'il faut rester ensemble. J'ai eu Merril au digital aujourd'hui. D'après lui, l'opinion publique est en train de basculer en votre faveur. Et le jeu est désormais interdit.

– Alors nous n'avons plus à avoir peur des killers ? demanda Lolita qui depuis leur évasion réussie semblait reprendre goût à la vie.

– Bien entendu, l'Euro-Police vous recherche, mais plus aucun killer ne vous tirera dessus.

Jason était dubitatif.

– Quand vous a-t-il raconté ça ?

Arthus sortit un digital de la poche de son pantalon.

– Tout à l'heure, lorsque je me suis éloigné, prétextant un besoin urgent.

– Sale cachottier, râla Ketty, vous aviez un digital. Vous m'aviez pourtant affirmé le contraire.

– Désolé, mais je n'avais pas le choix. Les numéros de mes proches étant sûrement sur écoute, je devais être prudent.

– Qu'allons-nous faire ? s'inquiéta Romain.

– Restons groupés, répondit Arthus, allons trouver Dimitri Sastinov et forçons-le à nous révéler les dessous de l'affaire. Vous aurez ainsi une chance de vous en sortir...

– Qu'est-ce qui vous permet de croire ça ? demanda Ketty.

– Je soupçonne de plus en plus un coup monté. Un truc qui nous dépasserait tous...

– Et comment allons-nous faire pour débusquer Sastinov ? insista Ketty.

– Une personne proche de lui est disposée à nous aider.

– Qui est-ce ?

– Vous ne la connaissez pas encore, mais si tout se passe comme prévu, vous la rencontrerez d'ici peu.

– Seuls, nous n'avons aucune chance d'atteindre Paris, laissa tomber Lolita.

Mais Arthus lui redonna espoir.

– À l'heure qu'il est, des réseaux clandestins s'activent pour nous secourir. Merril s'est chargé de les contacter. Dès demain, nous serons pris en charge.

– Qui sont ces personnes ? s'inquiéta Romain, s'étonnant qu'on leur vienne en aide de manière désintéressée.

– Des militants contre la peine de mort, des activistes anti-télé, déclara Arthus. La plupart d'entre eux aimeraient bien me démolir le portrait, mais l'essentiel aujourd'hui est qu'ils soient disposés à nous aider à remplir notre mission.

– Une mission impossible ! constata Lolita en baissant la tête.

Arthus éclata d'un rire puissant.

– Impossible est un mot que j'ai rayé de mon dictionnaire personnel depuis que l'hélicoptère a décollé, déclara-t-il en tapotant l'épaule de la fillette.

53

Lundi 27 juillet 2057. 17 heures.

Rolandos Faulartier est un routier heureux. Il adore conduire son camion à travers les gigautoroutes des Républiques. *(En 2052-2053, les accidents de la route impliquant des routiers atteignirent un taux record. Ce fut la principale raison qui motiva l'État-Maître à entreprendre la construction de gigautoroutes destinées uniquement au transport des marchandises.)*

La nuit, c'est encore mieux. Seul, Rolandos éprouve un sentiment de liberté qu'il n'a jamais ressenti ailleurs. Son métier l'accapare, mais cela ne le dérange pas. Rolandos aime la solitude. Et il aime conduire, seul dans son camion.

Sauf ce lundi.

Aujourd'hui il n'est pas seul. Vers 15 heures, du côté d'Arles, il a chargé cinq passagers. C'est Adanline Catassere qui lui a demandé ce service et Rolandos ne sait pas dire non à Adanline. Il n'a jamais su.

Adanline est engagée dans un tas d'associations. Sauver les gens, rendre la vie meilleure sur la planète, c'est son truc à elle. Essayer du moins. Voilà à quoi Adanline occupe la plupart de ses journées. Adanline est toujours prête à soutenir une cause. Et celle de ces jeunes déboussolés de la télé-réalité lui semble suffisamment juste pour qu'elle prenne tant de risques. Et en fasse prendre à son ami.

La police a précisé que toute personne prêtant assistance aux fugitifs serait condamnée à une peine de prison ferme. Mais Adanline n'a pas peur de la police. Pas plus que Rolandos. Il est libre et personne n'a à lui dire ce qu'il doit faire lorsqu'il conduit son camion.

Ce lundi-là, Rolandos remonte une pleine cargaison de poisson frais vers Paris et il éclate de rire en y pensant. En cas de barrage, les cyber-chiens policiers ne détecteront que l'odeur de la morue, du maquereau et de la sardine. *(En 2049, le décret numéro ER.321.9Y, plus connu sous le nom de « loi de Sagem » d'après le sénateur qui en fut l'inspirateur, autorisa les services de l'Euro-Police à recourir à l'utilisation de cyber-chiens plus performants dans la recherche d'individus et de drogue que les chiens réels, grâce à la constitution d'une mémoire répertoriant plus d'un milliard de phéromones différentes.)*

Rolandos pousse le turbo de son camion. Ils atteindront l'ancienne capitale de l'État-Maître à la tombée de la nuit. Il sera alors plus facile aux fugitifs de se fondre dans les méandres de la ville.

54

Mardi 28 juillet 2057. 1 heure du matin.
Appartement d'Harmance Gustin.

Harmance Gustin eut à peine le temps d'ouvrir la porte de son appartement ultra-moderne que déjà Arthus Gappa s'engouffrait à l'intérieur.

– Salut Harmance, lança-t-il au passage, merci de nous héberger. Pourriez-vous m'indiquer la salle de bain, s'il vous plaît ?

Harmance se boucha le nez et s'écarta pour laisser entrer le reste de la troupe.

– Sur votre gauche au fond du couloir, répondit-elle. Mais vous empestez tous ! Que vous est-il arrivé ?

– C'est une drôle d'histoire, marmonna Jason en ôtant son tee-shirt.

– On a voyagé avec des bancs de poissons, poursuivit Ketty.

Harmance referma la porte derrière l'adolescente.

– Ne m'en dites pas plus, je pense avoir compris. Vous vous êtes échappés en traversant la Méditerranée.

– Très drôle ! fit remarquer Romain.

– Je plaisantais, rigola Harmance, ne vous inquiétez pas, je vais m'occuper de vous. Pour commencer, tout le monde prend une douche et se change.

Devant la mine étonnée des adolescents, Harmance leur désigna une pile de vêtements soigneusement pliés sur le canapé du salon.

– J'ai passé plus de deux heures dans les boutiques du centre-ville, j'espère ne pas m'être trompée dans les tailles. Ensuite, un bon repas vous attend. Vous vous sentirez mieux une fois rassasiés !

– J'espère que ce n'est pas du poisson, grimaça Lolita.

Une heure plus tard, Jason se frottait le ventre avec un sourire de satisfaction.

– Félicitations, c'était délicieux.

Harmance ne put s'empêcher de rougir.

– Merci beaucoup, mais je n'y suis pas pour grand-chose. Tout le mérite revient au cyber-traiteur chez qui j'ai commandé le plat.

Jason rougit à son tour.

– Hum... Désolé.

– Ce n'est pas grave, murmura Harmance, lorsqu'on vit seule, on n'a pas vraiment envie d'apprendre à cuisiner.

Arthus faillit s'étouffer.

– Vous m'aviez dit que vous aviez une famille à nourrir ! s'écria-t-il.

– La famille, c'était du bidon, s'excusa Harmance, mais le reste est vrai. Les emprunts à rembourser, le niveau de vie à préserver…

– Je vois, commenta Arthus en parcourant du regard l'appartement.

– Je ne sais pas de quoi vous êtes en train de parler, intervint Ketty, mais si on en revenait au problème qui nous concerne tous ?

– Ketty a raison, acquiesça Arthus, avez-vous trouvé un moyen d'approcher Dimitri Sastinov ?

– Ça va être plus facile que prévu, répondit la responsable du département musique en déposant au centre de la table une tarte aux fruits frais, Sastinov a connu des moments difficiles ces derniers jours…

– Ce n'est rien comparé aux épreuves que nous avons dû subir, la coupa Lolita.

– J'imagine, n'empêche que Sastinov a préféré se couper du monde. Il s'est réfugié dans sa résidence secondaire.

– Et où se trouve-t-elle ? demanda Jason qui avait entrepris de découper la tarte en parts égales.

– J'ai réussi à découvrir l'adresse, répondit Harmance avec un sourire, je vous y conduirai demain pour faire un premier repérage.

– Ça me convient, dit Arthus, j'ai quelques derniers détails à régler avec Merril et ensuite nous pourrons…

– … passer à l'attaque ! s'exclama Lolita en dressant son petit poing vers le plafond.

– Tout cela me semble parfait, constata Romain qui s'apprêtait à mordre à belles dents dans la part de tarte que Jason venait de déposer devant lui.

– J'ai encore une chose à avouer pour être tout à fait honnête envers vous, déclara Harmance.

Cette ultime phrase eut pour effet de figer les convives dans une attente inquiète.

Harmance prit un malin plaisir à faire durer le suspense.

– Bon allez-y, s'impatienta Jason, quel mystérieux secret allez-vous encore nous dévoiler ?

Harmance éclata de rire.

– La tarte n'est pas de moi... Je l'ai achetée à la cyber-pâtisserie du coin de ma rue.

55

Mercredi 29 juillet 2057.
Résidence secondaire de Dimitri Sastinov.

En un rien de temps, Dimitri Sastinov s'était retrouvé isolé. Ses amis politiques le fuyaient. Leurs secrétaires avaient reçu pour consigne de répondre qu'ils étaient en réunion ou en voyage d'affaires. Les fonctionnaires du ministère de l'Euro-Justice le harcelaient. Sastinov s'attendait à voir débarquer les inspecteurs de la ligue fiscale d'un jour à l'autre.

Lorsqu'elle avait enfin compris que l'émission s'arrêtait définitivement, Mélanie l'avait quitté. Elle s'affichait désormais en compagnie d'un producteur d'émissions religieuses.

Fabricio, Rémy et Marianne Jossan lui intentaient un procès pour rupture de contrat. Les dommages et intérêts réclamés s'avéraient proprement exorbitants.

La psychologue Amaurie Modinore, en apprenant que son livre ne serait jamais publié, s'était jointe à eux.

Dorimon Vargas, lui, s'était volatilisé. Sastinov supposait qu'il avait dû changer de continent après avoir vidé son compte en banque. Sastinov pensait à l'Amérique Réunifiée, car Dorimon y avait des attaches familiales.

La femme de Sastinov s'était contentée d'un mot laissé sur leur table de chevet. Elle y évoquait pêle-mêle les multiples maîtresses de son mari, son désir d'avoir enfin un enfant et son bien-être matériel qu'il ne serait sans doute plus en mesure d'assurer d'ici quelque temps.

Quant à la presse, elle lui réservait des unes fielleuses depuis quatre jours. Il est vrai qu'il ne se passait généralement pas grand-chose en été et que cette affaire représentait une véritable aubaine pour doper les ventes.

Seul son banquier continuait à lui adresser la parole, mais il ne tarderait pas à prendre ses distances lorsqu'il constaterait que les rentrées publicitaires prévues n'étaient pas honorées, la plupart des annonceurs ayant dénoncé les contrats qui les liaient à la chaîne.

Les forces de l'Euro-Police se montraient incapables de mettre la main sur les fuyards. Sastinov, redoutant qu'ils soient animés d'un esprit de revanche, avait pris contact le matin même avec le killer numéro deux de la dernière traque. Il lui avait promis une forte somme d'argent en échange d'une protection rapprochée et l'homme avait accepté.

Sastinov ferma les yeux, se laissant peu à peu gagner par le silence qui baignait la demeure. Une saveur nouvelle lui étreignait la gorge. La saveur de la défaite.

56

Mercredi 29 juillet 2057 en soirée.
Dans l'une des zones piétonnes
de l'ancienne capitale de l'État-Maître.

Jason sillonnait les ruelles du Quartier latin, profitant de la fraîcheur du soir. Malgré l'extrême réticence d'Arthus Gappa pour une sortie, même nocturne, dans un lieu public, il n'avait pas hésité. Il avait besoin de retrouver les sensations d'une liberté qu'il savait provisoire. Après deux jours terré dans l'appartement d'Harmance Gustin, hormis une sortie de quelques heures destinée à repérer les abords de la résidence de Dimitri Sastinov, la sensation d'étouffement était trop forte.

Demain, ils iraient demander des comptes au patron de Réal-TV Europa 29 et Jason savait pertinemment que cette visite pouvait mal se terminer. Au mieux retour à la case prison, la mort en envisageant le pire.

Il s'assit à la terrasse d'un open-bar ouvert en continu et passa commande à un serveur sophistiqué qui affichait sa mauvaise humeur sans le moindre état d'âme.

– Un café et un verre d'eau, vous êtes sûr que ce sera tout ? demanda-t-il d'un air excédé.

En temps normal Jason lui aurait volontiers cloué le bec, mais ce soir il devait rester discret.

– S'il vous plaît, répondit-il en baissant les yeux.

Le serveur s'éloigna en râlant et Jason se détendit un peu. Deux jeunes filles, attablées à quelques mètres, le fixaient en conversant à voix basse. Il regretta aussitôt de ne pas avoir tenu compte de l'avis d'Arthus. Si elles l'avaient reconnu malgré les lunettes prêtées par Romain, il risquait gros.

Soudain, l'une d'elles se leva et s'approcha de sa table en souriant.

« Je suis foutu, pensa Jason, elle va me dénoncer pour toucher la prime. »

– Excusez-moi de vous déranger, dit-elle en hésitant un peu, mais n'êtes-vous pas l'un des candidats du jeu qui passait sur Réal-TV Europa 29 ?

Jason envisagea un moment de quitter les lieux en courant. Pourtant il resta assis.

Elle ajouta :

– Jackson ?

– Jason, la reprit-il à mi-voix.

– J'étais certaine que c'était vous, s'écria-t-elle, mais ma copine ne voulait pas me croire.

Elle ouvrit son sac à main, en retira un agenda électronique et un stylo laser.

– Vous voulez bien me signer un autographe ? lui demanda-t-elle. Je vous ai adoré dans l'émission !

– Avec plaisir ! bredouilla Jason.

– Je m'appelle Joanolla, ajouta la fille.

Jason commenta à voix basse ce qu'il écrivait :

– Pour Joanolla, avec toute mon amitié !

Il signa d'une écriture maladroite. Il se sentait dans la peau d'un animal de cirque.

57

Jeudi 30 juillet 2057. 9 h 26.
Aux abords de la résidence secondaire
de Dimitri Sastinov.

Ils s'entassèrent dans le véhicule d'Harmance et quittèrent la ville aux premières lueurs de l'aube. Le trajet s'effectua dans le silence complet.

Ils abandonnèrent la voiture à une centaine de mètres de la grille d'entrée et terminèrent leur approche à pied.

– Nous y sommes, déclara Harmance en désignant le mur d'enceinte, vous pourrez passer par là.

Jason fit la courte échelle à Lolita afin de lui faciliter l'escalade. Les uns à la suite des autres, ils pénétrèrent dans l'immense parc qui entourait la demeure de Dimitri Sastinov. Bon dernier, Arthus déposa un baiser sur la joue d'Harmance.

– Merci pour tout, lui dit-il.

– Je ne bouge pas d'ici. Si vous n'êtes pas revenus dans une heure, je préviens la police.

– La police n'arrangera pas les choses, rétorqua Arthus.

Harmance ne lui répondit pas. Elle l'observa franchir le mur avec agilité, puis vérifia sa montre-bracelet. Il était 9 h 30.

Arthus rejoignit le reste de la troupe qui l'attendait sagement à l'abri d'une rangée d'arbres.

– Vous êtes prêts ? demanda-t-il. On y va, et en silence.

– Je passe devant, annonça Romain en réajustant ses lunettes.

Depuis sa nomination, Romain avait perdu cet aspect « premier de la classe » qui le faisait détester de tous. Il avait gagné en humanité. Ketty lui donna une tape amicale dans le dos pour l'encourager.

Ils se mirent en marche vers la maison qu'ils apercevaient au loin. Ils longèrent un muret, traversèrent un petit bois, franchirent un cours d'eau qui serpentait à travers la propriété et débouchèrent enfin dans une clairière.

Au fur et à mesure de leur progression, Romain sentait une boule d'angoisse grossir au creux de son ventre. Il leur restait à parcourir une vingtaine de mètres à découvert avant d'entamer un léger raidillon qui les mènerait devant l'entrée de la villa. Le malaise s'accentua et Romain marqua le pas.

– Tout va bien ? lui demanda Jason. Tu veux toujours rester devant ?

– Ça ira ! souffla Romain en essuyant une goutte de sueur. Scout toujours prêt !

La phrase de Romain fit sourire Jason, chacun évacuait la pression à sa manière.

– Alors fonce ! se surprit-il à l'encourager.

Romain parcourut une dizaine de mètres avant de ressentir un sentiment de déjà-vu. L'angoisse lui comprimait la poitrine et l'empêchait de respirer correctement. Il ralentit, détaillant le paysage.

Ce raidillon, cette course matinale, lui rappelaient quelque chose.

Soudain, il perçut un léger bruit sur sa droite et là, il sut. Il s'immobilisa.

– Que se passe-t-il ? s'étonna Ketty qui arrivait à sa hauteur. Pourquoi tu t'arrêtes ?

– J'ai déjà vécu cette scène dans un de mes cauchemars, dit Romain qui tremblait de tous ses membres, et je sais exactement ce qui va arriver.

– Et que va-t-il arriver ? s'inquiéta Ketty.

Romain ne répondit pas tout de suite, il semblait littéralement absorbé par ses pensées.

– C'est aujourd'hui que je vais mourir ! laissa-t-il tomber enfin.

58

Jeudi 30 juillet 2057. 9 h 47.

Les capteurs indétectables de surveillance suivaient la progression de la petite troupe depuis son entrée dans la propriété.

Dimitri Sastinov, assis confortablement, alluma un cigare tandis qu'il zoomait sur le visage de Romain.

– Mais oui Romain, tu seras le premier à mourir, dit-il à voix haute. Tu l'ignores peut-être, mais la loi permet le meurtre en cas d'intrusion dans une propriété privée. *(Au début des années 2050, les autorités publiques, dépourvues face au nombre sans cesse croissant des cambriolages, promulguèrent une loi autorisant la légitime défense des biens privés. Cette loi, censée ne durer qu'un temps, était toujours en vigueur.)*

Sastinov prononça un numéro de téléphone et l'appareil fixé à son oreille le composa automatiquement. À la quatrième sonnerie, on décrocha.

– Oui ? fit une voix puissante.

– Notre affaire est en train de se régler de manière satisfaisante, dit simplement Sastinov.

– Parfait, répondit son correspondant, je vous envoie mon homme de confiance.

Tout en se dirigeant vers les intrus, le killer s'interrogeait. Pour quelle raison Sastinov lui avait-il demandé d'épargner l'un des concurrents ? Et lui, était-il vraiment prêt à éliminer des gens de sang-froid ? Pris dans l'excitation de la traque, il s'en était cru capable, mais aujourd'hui il voyait les choses sous un angle différent.

Soit il éliminait les personnes qu'on lui avait désignées, il empochait l'argent et sa vie serait plus facile. Soit il renonçait. Dans ce cas, les dettes continueraient à s'accumuler.

Enfin il les aperçut. Il s'immobilisa et tenta de faire taire ses doutes. Il reprit sa marche d'un pas décidé, la tête haute, le corps raide.

Il ressemblait à un automate.

59

Jeudi 30 juillet 2057. 9h52.

– Que se passe-t-il ? demanda Arthus en rejoignant le groupe. Il ne faut pas rester à découvert !

– C'est à cause de Romain, déclara Ketty, il dit qu'il va mourir.

– On va tous mourir un jour, répondit Arthus. Allez maintenant il faut avancer !

– Il dit qu'il va mourir aujourd'hui, insista Ketty. Il a vu ça dans un de ses cauchemars.

C'est alors qu'un killer apparut au sommet du raidillon.

– Non ! hurla Lolita.

Instinctivement, les adolescents se placèrent dos à dos et tentèrent de situer les quatre killers manquant à l'appel.

– Inutile de chercher les autres, ricana le nouveau venu, je suis seul.

Tout en prononçant ces paroles, le killer sortit son arme et s'approcha lentement. Un mauvais sourire se dessina sur son visage.

– Vous m'avez échappé à Marseille, dit-il, mais cette fois vous êtes coincés.

D'un bond, Arthus s'interposa.

– Un instant ! hurla-t-il, dressant ses mains en un illusoire rempart. Le jeu n'existe plus. Ce que vous vous apprêtez à faire est illégal !

Le killer ricana.

– Vous avez sans doute entendu parler de la loi sur la protection des biens privés, monsieur Gappa. Vous savez donc qu'elle m'autorise à vous tuer.

Tandis que le killer parlait, Jason évalua ses chances de l'atteindre avant qu'il n'ouvre le feu. Mais l'homme veillait à rester à bonne distance. Et lui serait probablement mort avant d'avoir couvert la moitié de la distance qui les séparait.

– Combien vous paie Sastinov ? demanda Arthus à bout d'arguments.

– Plus que vous ne pourrez jamais m'offrir, rétorqua le killer. Maintenant assez perdu de temps !

D'un geste précis, il pointa son arme vers Romain.

– Tu étais nominé la dernière fois, tu vas donc mourir le premier !

Tétanisé, Romain n'esquissa pas le moindre mouvement.

Une déflagration d'amplitude trois déchira l'air.

60

Jeudi 30 juillet 2057. 9h55.

La détonation fit sursauter Harmance. Elle était sûre qu'aucun des adolescents n'était armé et elle n'avait pas vu Arthus emporter d'arme. On avait tiré sur eux !

Elle retourna jusqu'à sa voiture en courant et ouvrit le coffre. Elle fouilla un moment dans le bric-à-brac invraisemblable qui s'y était accumulé au fil du temps, à la recherche d'un objet susceptible de la protéger contre une éventuelle agression. Tout ce qu'elle découvrit fut une pelle en plastique oubliée par l'une de ses nièces lors d'une excursion en piscine-mer l'été passé. *(Dès 2052, le taux d'acidité anormalement élevé dans la plupart des mers de l'euro-communauté incita les responsables de l'État-Maître à développer la construction de gigantesques piscines donnant l'illusion d'être en bord de plage.)*

Harmance referma le coffre de la voiture en soupirant. Elle traversa rapidement la route et commença à escalader le mur d'enceinte en se demandant pourquoi elle ne s'était pas contentée d'attendre la fin de *Game Over* et de percevoir ses indemnités de licenciement.

Elle se dit qu'Arthus n'était sans doute pas étranger à tout ça, elle avait toujours eu un faible pour les petits maigres. Et son sourire était vraiment craquant.

61

Jeudi 30 juillet 2057. 9 h 56.

Le killer maintenait son arme pointée vers le ciel. Il n'arrivait plus à contrôler le tremblement de sa main.

– Ça va beaucoup trop loin… balbutia-t-il.

Romain ouvrit les yeux et constata qu'il était toujours vivant.

Lentement Arthus s'approcha du killer et lui prit l'arme des mains sans que ce dernier oppose la moindre résistance et la jeta dans un buisson proche.

– Vous avez fait le bon choix, assura Arthus, rentrez chez vous. Cette histoire ne sera bientôt plus qu'un mauvais souvenir.

Mais le killer ne bougea pas. Il dévisageait attentivement les membres de la troupe.

– Pourquoi êtes-vous revenus ? demanda-t-il enfin. Pourquoi n'avez-vous pas filé le plus loin possible ?

– Ils auraient dû fuir toute leur vie, répondit Arthus. Tôt ou tard, on les aurait repris.

– On les reprendra de toute façon, même si vous tuez Sastinov.

Arthus sourit.

– Nous ne voulons pas le tuer. Nous venons juste lui demander des explications.

– Des explications à propos de quoi ? s'étonna le killer. C'est bien vous l'inventeur du jeu, non ?

– Vous avez raison, soupira Arthus réalisant que cette infamie le poursuivrait jusqu'à la fin de sa vie, mais je pense que quelqu'un a utilisé mon jeu à des fins personnelles…

– Et on est ici pour le découvrir, compléta Jason.

Arthus observa le visage incrédule du killer.

– Si j'arrive à prouver que le jeu a été manipulé, on pourra peut-être négocier leur grâce auprès du ministère de l'Euro-Justice.

Le killer sembla réfléchir, puis silencieusement il traversa le groupe et se dirigea vers la sortie.

Soudain, il se retourna et lança :

– Cela vous intéressera peut-être de savoir que Sastinov m'avait demandé d'épargner l'un d'entre vous.

– Il n'y a aucun mystère là-dessous, ricana Romain, Arthus Gappa n'est pas un candidat.

Le killer secoua la tête.

– Non, Arthus Gappa faisait partie de ceux qui devaient mourir !

Arthus sentit ses jambes se dérober sous lui.

– Mais alors, quel est celui qui doit survivre ? bafouilla-t-il.

– Lolita, bien sûr ! s'exclama Romain. Sastinov avait mis une puce émettrice dans l'ourson qu'il lui avait donné.

– Vous n'y êtes pas du tout, la personne qui doit rester en vie c'est... elle !

Jason suivit du regard l'index du killer qui désignait Ketty sans la moindre hésitation.

62

Jeudi 30 juillet 2057. 10 h 02.
Salle à manger de la résidence secondaire de Dimitri Sastinov.

Le maître des lieux déverrouilla la serrure photo-électrique qui bloquait la porte d'entrée et tira longuement sur son cigare en regardant la petite troupe pénétrer dans la pièce immense. Il se leva pour les accueillir un à un et écarta les bras comme s'il désirait les envelopper tous.

– Ah, mais qui voilà ? Ce sont mes survivants... Soyez les bienvenus dans ma modeste demeure !

Arthus observa discrètement les adolescents qui s'alignaient à sa hauteur, ils paraissaient impressionnés par le personnage qui leur faisait face. Lui aussi connaissait cette sensation, la première fois qu'il avait rencontré Dimitri Sastinov, il n'avait pas réussi à prononcer trois mots. Arthus se demanda s'ils parviendraient à ébranler le grand Sastinov.

Contre toute attente, ce fut Lolita qui s'adressa à lui la première.

– Salut, dit-elle en s'avançant, vous vous souvenez de moi ?

– Bien sûr, répondit Sastinov, comment pourrais-je oublier une si délicieuse enfant ? Je n'espérais pas te revoir vivante.

– Espèce de salaud, s'emporta Jason, comment osez-vous ?

– Allons, du calme jeune homme, ce langage est indigne de vous.

– Que savez-vous de la dignité ? s'énerva à son tour Romain, vous qui n'hésitez pas à envoyer des enfants se faire tuer pour vous remplir les poches !

Sastinov tira de nouveau une longue bouffée avant de répondre.

– Primo, vous n'êtes plus des enfants. Secundo, je ne suis pour rien dans la conception de ce jeu dont le créateur se trouve à vos côtés, dit-il en pointant vers Arthus l'extrémité incandescente de son cigare. Mais ça, compléta-t-il en ricanant, mon ami Arthus a déjà dû vous l'expliquer, j'imagine ?

– Arthus ne nous a jamais rien caché à ce propos, répondit Romain qui semblait deviner la stratégie adoptée par Sastinov.

Ce dernier éclata d'un rire puissant. D'un léger coup d'index, il fit tomber la cendre de son cigare à terre.

– Tertio, l'argent n'a jamais été ma motivation principale.

– Votre motivation, déclara Ketty, c'était sans doute que je reste vivante ?

– Je sais que mon killer ne s'est pas contenté d'être lâche et qu'il a aussi été très bavard ! répondit Sastinov en désignant les écrans de contrôle.

– Pourquoi voulez-vous à tout prix me garder en vie ? répéta Ketty.

– C'est une longue histoire, commença Sastinov, une très longue histoire...

À cet instant précis, une porte s'ouvrit dans le fond de la pièce et Harmance Gustin fit son apparition.

– Tout va bien ? s'inquiéta-t-elle. J'ai entendu une déflagration et j'ai cru que... Je viens de croiser un killer et...

Harmance s'interrompit en apercevant Sastinov.

– Tiens donc, s'étonna sincèrement ce dernier, mademoiselle Gustin !

Puis se tournant vers Arthus :

– Y en a-t-il encore beaucoup qui vont surgir comme ça ?

– Plus personne ne viendra, répondit Arthus, et nous attendons la suite de vos explications, monsieur Sastinov, je crois que vous devez nous les fournir.

– Sachez, monsieur Gappa, que je ne dois rien à personne, répliqua Sastinov, et qu'on ne me dit pas ce que j'ai à faire !

– C'est faux, rétorqua une voix dans leur dos, il y a toujours quelqu'un qui nous dit quoi faire. Toujours.

Dans un même élan, ils se retournèrent.

– Miramar Fondeau ! s'écria Arthus.

63

Jeudi 30 juillet 2057. 10 h 10.

Le petit homme rondouillard s'avança en claudiquant vers le groupe et s'adressa à Arthus.

– Vous avez l'air surpris de me voir ici, mon cher ?

– C'est que d'habitude les mauvais élèves ne sont pas convoqués pour la remise des prix, répliqua Arthus.

Miramar Fondeau partit d'un grand éclat de rire.

– Vous n'y êtes pas, très cher, je représente aujourd'hui les intérêts d'une personne haut placée.

– Quelqu'un peut-il nous expliquer à quoi on joue ? s'énerva Jason.

Miramar Fondeau lui fit signe de se calmer.

– Chaque chose en son temps, jeune homme, faites preuve d'un peu de patience. Tout d'abord la raison de ma présence ici...

Il tendit la main vers Ketty.

– C'est vous, très chère !

– Décidément, ça devient une habitude, murmura-t-elle.

– Je vais vous demander de me suivre, poursuivit Miramar Fondeau, quelqu'un désire ardemment vous rencontrer.

Sastinov suivit d'un œil amusé Ketty qui s'avançait vers le petit homme aux joues rouges.

– Ainsi c'est bien Ketty qui devait survivre, intervint Arthus, mais pourquoi ?

Miramar Fondeau prit soin de regarder une à une les personnes présentes dans la pièce avant de lâcher :

– Tout simplement parce que Ketty est la fille de Peter Goeskren !

64

Jeudi 30 juillet 2057. 10 h 13.

Dimitri Sastinov s'assit dans le grand fauteuil en bout de table et éteignit son cigare dans un cendrier-absorbeur aux couleurs de Réal-TV Europa 29. La révélation de Miramar Fondeau n'avait produit aucun effet sur les adolescents.

– Qui c'est ce Peter Truc ? demanda Lolita.

Arthus se rapprocha de Miramar Fondeau.

– Voulez-vous parler du président de l'Euro-Clone Company ?

– Précisément, ricana Sastinov, l'un des hommes les plus riches et les plus puissants au monde.

Lolita tira sur la manche de Romain.

– C'est quoi l'Euro-Clone Company ?

– La quasi-totalité des clones qui évoluent sur la planète sortent de ses laboratoires, répondit-il.

– Vous êtes parfaitement bien renseigné, jeune homme, le complimenta Miramar Fondeau, et vous n'ignorez sans doute pas non plus que Peter Goeskren dispose d'un pouvoir immense.

– En tout cas, commenta Harmance, son pouvoir n'est pas suffisant pour empêcher que sa fille se retrouve en prison à perpétuité.

– Mais je ne suis pas sa fille ! s'écria Ketty, mon nom de famille est Fulton. Ma mère travaille pour un paysagiste et mon père dirige une entreprise de transports !

– Ce sont juste tes parents adoptifs, laissa tomber Sastinov.

Ketty blêmit.

– Comment ça, mes parents adoptifs ?

Miramar Fondeau s'avança vers la jeune fille.

– Plus tard. Venez, nous sommes attendus.

Il lui tendit la main, mais elle recula.

– Je ne vous suivrai nulle part sans connaître toute la vérité.

– Bon, puisque vous y tenez, souffla Miramar Fondeau, pourquoi pas ?

Il prit une profonde inspiration et se lança.

– « Le corps actuel disparaîtra. L'homme est une belle ébauche, mais il présente des défauts... »

Tous se demandèrent où le petit homme voulait en venir avec cette phrase mystérieuse.

– C'était le début du brillant discours que prononça Peter Goeskren le jour de l'introduction en eurobourse de sa société, expliqua-t-il. Puis, très rapidement, l'Euro-Clone Company est devenue leader mondial sur ce marché. Et savez-vous pourquoi ?

– Ses clones sont d'une qualité exceptionnelle, répondit Arthus.

Miramar Fondeau jubilait.

– Exact. Alors que les entreprises concurrentes voient leurs clones se détériorer au bout de quelques années de service, les nôtres ont une espérance de vie bien supérieure.

– Pour quelle raison ? demanda Romain qui commençait à trouver le sujet intéressant.

– L'ADN-mère de nos clones a été établi suite à des prélèvements effectués sur Millen Goeskren, le fils de Peter. Votre frère, Ketty…

– Mon frère ? s'étonna-t-elle.

Fondeau reprit, sans tenir compte de sa question.

– Votre père, un généticien de tout premier ordre, découvrit que votre frère qui n'avait encore que quelques mois était porteur d'un gène mutant. Il développa ses recherches sur le clonage à partir de ce gène nouveau et créa l'Euro-Clone Company en 2045 dans un petit garage de banlieue. Le décret de 2049 autorisant l'implantation de citoyens-clones dans la société civile lui ouvrit des horizons insoupçonnés.

– Mais pourquoi ma famille m'a-t-elle rejetée ? murmura Ketty.

– Votre famille ne vous a pas rejetée, répondit Miramar, elle a cherché à vous protéger.

– De grâce, insista Arthus, soyez plus précis.

– Logiquement, une fois qu'une souche est prélevée, on peut la dupliquer à l'infini. Mais dans le cas de la souche ADN de Millen…

– Celle qui contient le gène mutant qui permet aux clones de Goeskren d'être plus performants ?

– Exact. Donc la souche a une durée de vie limitée. Les labos de l'Euro-Clone Company avaient sans cesse besoin d'effectuer des prélèvements sur Millen.

Jason perçut l'emploi du passé dans le discours de Miramar Fondeau, mais ce ne fut pas pour cette raison qu'il intervint.

– Attendez, ça n'a aucun sens. Quel rapport avec Ketty ? Pourquoi se séparer d'elle ?

– Ketty était aussi porteuse du gène mutant. Disons que ses parents ont préféré la mettre à l'abri en la confiant dès sa naissance au couple Fulton.

– Excusez-moi, l'interrompit à nouveau Jason, mais je n'y comprends toujours rien !

Le ton de Miramar Fondeau se fit plus didactique.

– La prospérité de l'Euro-Clone Company repose entièrement sur la possibilité de produire des souches ADN contenant le gène mutant. Bien entendu, cela n'a pas échappé à des gens mal intentionnés. En 2050, Millen fut enlevé une première fois puis rendu à ses parents contre une somme tenue secrète. Par la suite, malgré des moyens de protection démesurés, Millen fut de nouveau kidnappé. La demande de rançon était si colossale qu'elle mit un moment en péril l'équilibre financier de la compagnie. Cependant Peter Goeskren la paya.

Miramar Fondeau fit une pause avant de reprendre :

– Le 27 janvier 2057, Millen fut enlevé pour la troisième fois. Malgré les recommandations de l'Euro-Police, Peter paya à nouveau. Mais, cette fois-ci, il ne revit pas son fils.

– Que s'est-il passé ? demanda Romain.

– On a retrouvé le corps de Millen deux jours plus tard dans une décharge publique, la gorge tranchée.

– C'est horrible ! s'exclama Harmance.

Miramar Fondeau, nullement affecté par la remarque de la jeune femme, poursuivit sur le même ton :

– Sauf qu'il y avait toujours Ketty. Et personne ne soupçonnait son existence. Monsieur Goeskren reprit donc contact avec les Fulton. Mais...

– ... un événement imprévu s'était produit, acheva Jason. Ketty avait été condamnée à la prison à vie.

– En effet. Bien entendu, Peter Goeskren avait les moyens de la faire libérer. Ne croyez pas que les euro-citoyens soient tous égaux face à la justice...

– Je ne suis pas naïf à ce point, sourit Jason.

Arthus commençait à comprendre.

– Lorsque son père a voulu reprendre contact avec Ketty, elle n'était plus en prison, s'exclama Arthus. C'est ça, non ?

Ce fut Sastinov qui répondit :

– Exact. Par une coïncidence extraordinaire, Ketty avait été sélectionnée pour le jeu. Elle se trouvait sur l'île d'If depuis une semaine, les projecteurs étaient braqués sur elle en permanence. Il était trop tard pour faire machine arrière. Goeskren m'a alors contacté et chargé de veiller sur sa fille.

Sastinov s'interrompit un instant, se servant un verre d'eau traitée sans en proposer à quiconque.

Miramar Fondeau se tourna vers Ketty.

– Voilà, vous savez tout, dit-il, j'ai rempli ma part du contrat, à vous de remplir la vôtre. Suivez-moi s'il vous plaît.

L'adolescente jeta un regard désespéré à ses amis.

– Je dois y aller, murmura-t-elle, je dois connaître mes vrais parents.

Personne n'essaya de la retenir, tandis qu'elle s'éloignait en compagnie du petit homme rondouillard.

– Mission accomplie, conclut Sastinov en regardant Ketty sortir, son père est tiré d'affaire. Quant à vous… ajouta-t-il en se tournant vers Arthus.

Arthus adressa un clin d'œil discret à Romain. Le moment de mettre le roi « échec et mat » était enfin arrivé.

65

Jeudi 30 juillet 2057. 10 h 36.

– Il y a malgré tout un détail qui coince dans votre histoire ! déclara Romain sur un ton désinvolte.

– Lequel ? demanda Sastinov.

– Pourquoi offrir à Lolita un ours contenant une puce émettrice ?

– Je ne pouvais pas courir le risque de vous perdre en cas d'évasion, déclara Sastinov. J'avais raison, on n'est jamais trop prudent ! J'avais d'ailleurs fait installer des caméras et des micros dont j'étais le seul à avoir l'usage dans le château.

« Voilà qui explique bien des choses, pensa Arthus, entre autres comment il a été si vite informé de l'évasion… »

– Mais comment pouviez-vous être certain que Ketty ne serait jamais nominée par les téléspectateurs ? intervint Jason.

Dimitri Sastinov tira longuement sur son cigare, recracha la fumée en créant de petits cercles puis déclara d'une voix claire :

– Ketty ne pouvait pas être nominée parce que je truquais les résultats des votes. C'est moi qui, chaque fin de semaine, indiquais à Dorimon Vargas le candidat retenu.

Soudain, Sastinov s'arrêta de parler. Il paraissait ailleurs.

– Laissez-moi maintenant, murmura-t-il, j'ai du travail.

– Venez, dit Arthus à ses compagnons, il ne faut pas rester ici.

Et tandis qu'ils quittaient les lieux, ils entendirent la voix de Sastinov retentir comme une ultime menace.

– Inutile de tenter d'utiliser ces informations pour sauver vos petits protégés, monsieur Gappa. Il n'existe pas de preuve de ce que je viens de vous révéler, vous m'entendez ? Aucune preuve !

Une fois dans le parc, Arthus se pencha vers le micro-bouton accroché au revers de sa veste tandis que Romain arrêtait la caméra-puce fixée sur ses lunettes.

– Merril, lança-t-il dans un sourire, j'espère que tu as enregistré tout ça !

– L'image et le son, répondit le journaliste. C'est parfait. Je suis au journal, le temps de faire un montage correct, et ce sera en ligne dans moins d'un quart d'heure !

Épilogue

Hiver 2057.

L'empire de Peter Goeskren vacillait, mais comme il avait pris soin de couper tous les ponts le reliant à Sastinov, il ne serait vraisemblablement jamais inquiété par l'Euro-Justice.

Personne ne savait où se trouvait Ketty.

Dimitri Sastinov croupissait en prison, attendant son procès prévu pour le début de l'année 2058. À la fin de l'été, la police avait lancé un mandat d'arrêt international contre Dorimon Vargas. D'après la presse, ses jours de liberté étaient comptés.

Les quotidiens les plus prestigieux avaient proposé à Merril Faustopin de les rejoindre, mais le rédacteur en chef hésitait à quitter sa belle République Libre de Marseille.

Marianne Jossan avait divorcé. Elle faisait régulièrement la une de la presse à sensation, collectionnant les aventures sans lendemain.

L'enseignante partageait d'ailleurs les faveurs des journaux à scandale avec la psychologue Amaurie Modinore qui multipliait les déclarations les plus farfelues à propos des coulisses de l'émission.

Floston avait été rayé des cadres de l'Euro-Police pour faute professionnelle. Aux dernières nouvelles il tenait une boutique de tatouages holographiques dans un quartier à la mode d'Amsterdam.

Mélanie, elle, présentait une émission de télé-réalité religieuse intitulée *Dieu est en toi*. L'audience avait du mal à décoller.

Arthus Gappa voyait régulièrement Harmance Gustin qui s'occupait maintenant de la gestion du *Top Disk European Tour*, une émission musicale présentant les tubes de chacune des vingt-neuf nations regroupées sous la bannière de l'État-Maître. Le public se connectait en masse pour désigner sa chanson favorite et tout le monde semblait content.

Le concepteur de *La Traque* travaillait dans le plus grand secret sur un nouveau projet censé révolutionner l'univers visuel des euro-spectateurs.

Réal-TV Europa 29 n'était plus autorisée à émettre.

Pour le reste, Arthus Gappa avait vu juste. Aucun des concurrents n'était retourné en prison. Afin d'atténuer le scandale naissant, le ministère de l'Euro-Justice avait été forcé de se montrer clément envers ceux que la population présentait comme des héros.

Un décret spécial leur avait accordé une année de sursis après laquelle leur cas serait examiné de nouveau. L'euro-juge en charge du dossier avait été clair au sujet de Jason. Étant donné son âge, une réinsertion professionnelle réussie était la condition essentielle pour envisager l'effacement définitif de sa dette envers la société.

Aussi le garçon n'avait-il pas besoin que sa mère le lui rappelle sans cesse pour comprendre l'importance de l'entretien qu'il s'apprêtait à passer en ce lundi de décembre.

Une institution privée recherchait un surveillant d'internat et Jason avait postulé pour obtenir le poste.

Certes, Jason Velack s'appelait désormais Grisson Merac. Les autorités avaient agréé son changement de nom. Il avait fallu quelques secondes à un manipulateur pour entrer les nouvelles informations dans la base de données de l'ordinateur central.

Jason n'avait pas été le seul à bénéficier du programme, Romain et Lolita avaient aussi changé d'identité. De plus, un morphing esthétique leur avait permis à tous trois de transformer leur apparence. Aux dernières nouvelles Lolita s'était lancée dans la chanson et Romain écrivait ses mémoires.

Le programme de morphing appliqué à Jason lui avait légèrement allongé le nez, remodelé les joues et ajouté quelques rides sur le front. La couleur des pupilles était passée du vert au bleu. Une teinture des cheveux avait complété la métamorphose.

Une heure s'était écoulée depuis son entrée dans le bureau. La directrice, une femme d'une cinquantaine d'années à l'aspect sévère, lui avait posé toute une série de questions et fait subir une batterie de tests. Jason avait le sentiment de s'en être plutôt bien tiré.

La directrice croisa ses longs doigts noueux à hauteur de sa bouche, resta un moment sans prononcer la moindre parole, se contentant de fixer le charmant jeune homme qui lui faisait face. Son visage lui était familier, elle l'avait très certainement croisé quelque part, mais elle ne parvenait pas à se rappeler où.

Soudain, sa décision fut prise. Elle recula son fauteuil, se redressa en prenant soin de lisser sa jupe et tendit sa main droite.

– Permettez-moi de vous féliciter, dit-elle d'une voix chaleureuse, vous êtes engagé !

Elle serra vigoureusement la main de Jason, puis, contournant son bureau, elle ouvrit la porte de communication et s'adressa à la secrétaire-clone courbée sur son écran d'ordinateur.

– Ayez l'obligeance de préparer le contrat de monsieur Merac, lui demanda-t-elle.

Elle se tourna vers Jason et lui fit signe de la suivre.

– Venez, je vais vous présenter à l'équipe enseignante. C'est l'heure de la pause...

Jason s'engagea à sa suite le long de la passerelle qui surplombait l'immense cour bordée d'une clôture sous tension. Il tâchait de dissimuler sa joie. Il ne retournerait pas en prison. Cette fois, il en était certain.

C'est alors qu'il remarqua en contrebas un groupe de cinq enfants qui en poursuivait un autre. Dans leurs mains, il devina des pistolets imaginaires. Lorsqu'ils parvinrent à coincer leur proie près des toilettes, l'un d'eux se détacha du groupe et la toucha du bout des doigts. Sans un mot, la victime s'allongea sur le sol et ferma les yeux. Les cinq firent cercle autour d'elle et commencèrent à la rouer de coups. Un coup de sifflet strident déchira l'air et un surveillant-clone accourut pour mettre fin à la correction.

– Un problème, monsieur Merac ? demanda la directrice en regardant à son tour par-dessus la balustrade.

Jason désigna la petite troupe qui s'éloignait en criant.

– Oui, j'aimerais savoir... Que font-ils donc ?

– Ah ça, répondit la directrice en soupirant, c'est un nouveau jeu que les enfants adorent et que nous avons bien du mal à interdire. Ils appellent ça le jeu du Killer !

Découvrez le trailer de

Et à la fin il n'en restera qu'un

sur nos sites

www.rageot.fr

et **www.livre-attitude.fr**

L'AUTEUR

Jean-Luc Luciani vit à Marseille. Il consacre tout son temps à l'écriture. Auteur de nombreux romans dont la série Brigade Sud (collection Heure noire, Rageot Éditeur), il a puisé la matière de celui-ci dans sa propre expérience de la télévision. Comment un si merveilleux outil de culture et d'enrichissement est-il devenu une machine à abolir la pensée et l'esprit critique ?

Vous pouvez retrouver Jean-Luc Luciani sur son site :
http://aujourlejour.free.fr

RAGEOT ✱ *THRILLER*

Hervé Jubert - Vagabonde

Tome 1 - Les voleurs de têtes

Dans la famille Bird, on est voleurs de père en fils ! Ou plutôt en fille en ce qui me concerne. Moi, c'est Billie. Mon père a été enlevé et ses ravisseurs exigent en guise de rançon de précieuses statues : « les têtes du zodiaque »...

Tome 2 - Le gang du serpent

Pour sauver mon père et satisfaire ses ravisseurs, moi, Billie Bird, je dois m'emparer d'un pli cacheté à l'Académie des sciences. Mais un vieil homme me prend de vitesse et disparaît avec le pli ! De Cordoue aux Météores, je me jette dans une quête effrénée...

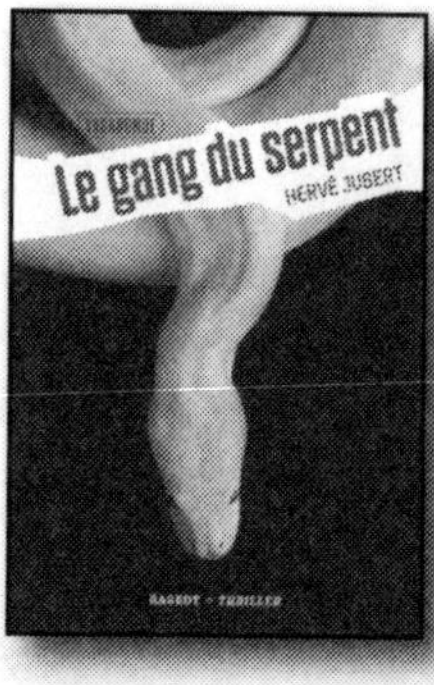

Tome 3 - Les mauvais joueurs

Désormais, les jours sont comptés pour réunir les têtes et reconstituer la machine du Temps, la seule chance de sauver mon père. De Prague à Berlin, je dois jouer serré pour démasquer ceux qui me manipulent...

RAGEOT ✱ *THRILLER*

Philip Le Roy - **La Brigade des fous**

Tome 1
Blackzone

Ils sont six. Hyperactif, geek, dépressif, autiste… placés dans une étrange institution. Leurs pouvoirs sont immenses, tout aussi grands que la tâche qu'ils devront accomplir. Bienvenue dans la Brigade des fous…

Tome 2
Red code

La Brigade des fous doit relever un nouveau défi : infiltrer des lycées du sud de la France où la présence d'apprentis terroristes a été signalée. Réussira-t-elle à se fondre dans la masse ?

RAGEOT ✱ *THRILLER*

Charlotte Bousquet

Proie idéale

Morgane a disparu. Elle devait rencontrer un photographe pour réaliser un book afin de devenir top model.
Lancées sur ses traces, Ljuba et Cam comprennent vite que leur amie s'est laissé entraîner par un individu peu scrupuleux...

Charlotte Bousquet

Le dernier ours

Groenland, 2037. Avec le dérèglement climatique et la fonte des glaces, l'île n'est plus qu'une terre désolée. Anuri, dernier ours blanc né libre, est l'objet de toutes les convoitises.

RAGEOT ✱ *THRILLER*

Fabien Clavel

Décollage immédiat

Je m'appelle Lana Blum. Ma mère a disparu. Un homme me poursuit. Les rouages d'un incroyable complot se dessinent autour de moi. Je fuis d'aéroport en aéroport, d'avion en avion. Ce qui m'attend à l'arrivée ? Je l'ignore.

Fabien Clavel

Nuit blanche au lycée

Je suis collée au lycée un samedi après-midi ! Ce n'est pas grave, car Jérémie, mon copain, m'y rejoint en toute discrétion.
Soudain, nous entendons un bruit bizarre. Dans le couloir il y a un type en treillis, une arme de gros calibre à la main…

RAGEOT ✸ *THRILLER*

Johan Heliot

Dans la peau d'une autre

Star de la chanson à 16 ans, Lydia dépend de ses managers. Séquestrée dans une clinique, elle comprend qu'on tente de la manipuler sous hypnose… et que le pire est à venir.

Johan Heliot

Dans tes rêves

Adolescente, Cassy possède un don extraordinaire : elle peut entrer dans les rêves des autres et y découvrir les secrets les mieux enfouis. Mais s'agit-il d'une force… ou d'un piège ?

RAGEOT ✹ *THRILLER*

Laurent Queyssi

Infiltrés

Adam est un adolescent handicapé. Sa vie, il la pense immobile, rivé à un écran. Jusqu'au jour où son existence s'accélère. Propulsé dans la course pour milliardaires Riviera Race, il se transforme en espion.

Laurent Queyssi

Dans l'œil de Lynx

Jeune agent secret handicapé, Adam infiltre le milieu des jeux vidéo afin de neutraliser le virus Rage, qui transforme les joueurs en tueurs potentiels. Il devra défier Lynx son inventeur.

RAGEOT ✸ *THRILLER*

Paul Halter

Spiral

La lande bretonne. Une demeure isolée, au vertigineux escalier. Une pièce interdite. Un propriétaire inquiétant et ses invités. Pas de réseau, aucune communication possible. Mélanie, qui s'imaginait passer des vacances tranquilles, s'affole…

Marin Ledun

Interception

Épileptique et victime de cauchemars récurrents, Valentine intègre un lycée-clinique expérimental. Le professeur Hughling décèle en elle un don prodigieux : l'interception.

RAGEOT ✸ *THRILLER*

Samantha Bailly

À pile ou face

Grâce à la divination et au *Livre des mutations*, Emma découvrira-t-elle pourquoi son frère est mort et dans quelles circonstances sa camarade de classe a disparu ?

Anne Beddingfeld

Le pacte des Assassins

Qui veut la mort de Jo Mendès ? Pourquoi des hommes au visage tatoué la poursuivent-ils dans les couloirs du Louvre ? Entraînée dans les ruines de Pétra en Jordanie, Jo devra défier les Assassins. Car elle est la seule à pouvoir rompre leur pacte…

Anne Fakhouri

Hantés

Samuel est hanté par des voix mystérieuses depuis la mort suspecte de son beau-père. Quand il rencontre Darius dans son nouveau lycée, celui-ci lui fait comprendre qu'ils souffrent du même mal…

Blog, avant-première, forum...

Adopte la livre attitude !

LIVRE ATTITUDE

www.livre-attitude.fr

PAPIER À BASE DE FIBRES CERTIFIÉES

RAGEOT s'engage pour l'environnement en réduisant l'empreinte carbone de ses livres. Celle de cet exemplaire est de : 498 g éq. CO_2 Rendez-vous sur www.rageot-durable.fr

Achevé d'imprimer en France en septembre 2013
sur les presses de Normandie Roto s.a.s.
Dépôt légal : octobre 2013
N° d'édition : 5994 - 01
N° d'impression : 133289